La revanche d'Anthéa

Barbara Cartland est une romancière anglaise dont la réputation n'est plus à faire.

Plus de trois cents romans variés et passionnants mêlent aventures et amour.

Les Éditions J'ai Lu en ont déjà publié plus d'une centaine que vous retrouverez dans le catalogue gratuit disponible chez tous les libraires.

Barbara Cartland

La revanche d'Anthéa

traduit de l'anglais par José LACAZE

Éditions J'ai Lu

Ce roman a paru sous le titre original :

NEVER LAUGH AT LOVE

© Barbara Cartland
Pour la traduction française :
© Librairie Jules Tallandier, 1984

NOTE DE L'AUTEUR

LES CARICATURISTES ANGLAIS AU XIXe SIÈCLE

James Gillray fut le premier, parmi les maîtres du dessin, à faire de la caricature un art. Il s'y adonna presque exclusivement et devint le plus féroce et le plus brillant caricaturiste de son temps.

Il était si célèbre que l'on faisait la queue, dans la rue, devant la boutique d'Humphrey – son imprimeur éditeur –, dans l'attente de la sortie de sa dernière production. Vers la fin de 1811, âgé d'une cinquantaine d'années, il fut atteint de crises de démence, victime de l'alcool que le travail intense que l'on exigeait de lui le poussait à absorber.

Thomas Rowlandson appartenait à un milieu très aisé. Il avait étudié les arts à Paris et à l'Ecole de l'Académie royale.

Il fit tout d'abord de la peinture, traitant des sujets sérieux. Mais, bientôt, sa passion du jeu réclamant de plus en plus d'argent, il se tourna, lui aussi, vers le dessin humoristique.

Le talent de George Cruikshank alliait la force ravageuse du trait de Gillray à l'esprit plus fin et plus caustique de Rowlandson. Il avait à peine plus de vingt ans lorsqu'il commença à avoir du succès. Prudent, il vécut encore une soixantaine d'années, jusqu'en 1878, dans un refus total et farouche de tout stimulant artificiel.

1

1817

– Elle est là! Elle est arrivée!

Chloé fit irruption dans la salle d'étude où ses sœurs étaient installées, assises à la grande table placée en plein milieu de la pièce.

– Je l'ai! La voilà!
– La lettre? demanda Thaïs.
– Que serait-ce d'autre? Quand j'ai vu la voiture des postes tourner pour entrer par notre portail, j'ai su tout de suite qu'elle nous apportait quelque chose de fantastique!
– Comment sais-tu que cette lettre est de ma marraine? interrogea Anthéa.

Elle avait posé la question avec calme mais ses yeux brillants trahissaient son émotion.

En guise de réponse Chloé tendit la lettre à bout de bras devant elle, et ses sœurs purent voir la suscription, tracée d'une plume élégante, sur un papier vélin blanc des plus coûteux. Elle était adressée à leur mère.

– Elle a répondu rapidement! constata Thaïs. Nous n'espérions pas avoir de ses nouvelles avant la fin de la semaine.
– Je suis sûre qu'elle dit oui!... Oh, Anthéa, tu te

rends compte de ce que cela représenterait pour nous! fit Chloé.

— Je cours le dire à maman? proposa Phébé, tout excitée.

Elle avait dix ans et, des quatre sœurs, elle était la benjamine. Chloé en avait seize et Thaïs dix-sept.

Phébé et Thaïs, si semblables avec leurs cheveux blonds et leurs yeux bleus, offraient une exacte réplique du visage de leur mère.

Anthéa s'interposa vivement :

— Non! Ne dérange pas maman.

— Pourquoi pas? protesta Chloé.

— Parce qu'elle est en pleine inspiration poétique.

— Oh, Seigneur! Ça recommence! gémit Chloé. Enfin, bon... dans ce cas il vaut mieux ne pas la troubler en effet.

Elle n'en regardait pas moins Anthéa, leur aînée, d'un air suppliant, dans l'espoir que celle-ci changerait d'avis.

Mais Anthéa répéta fermement :

— Il ne faut pas! Vous savez qu'elle déteste être interrompue quand elle travaille.

Chloé alla déposer la lettre sur la tablette de la cheminée, bien en évidence devant la pendule, et elle soupira :

— Si maman ne l'ouvre pas bientôt, je vais mourir d'impatience.

— Il est onze heures. Tu pourras tout de même attendre jusqu'au déjeuner?

Thaïs grogna :

— Pourquoi faut-il que la muse de maman lui rende justement visite aujourd'hui, plutôt qu'hier ou demain?

— J'ai l'impression qu'il y a déjà plusieurs jours qu'elle a un poème en tête. Je l'ai deviné à son regard absent qui se posait sur les choses sans vraiment les voir, ces derniers jours.

— Si au moins ses œuvres avaient quelque valeur, on pourrait peut-être les vendre, suggéra Chloé.

— Il ne saurait en aucun cas en être question!

— Pourquoi pas? On dit que Lord Byron a gagné une fortune avec ses œuvres. Je suis sûre que maman est aussi bon poète que lui!

— Et moi, je suis sûre qu'elle serait extrêmement choquée à l'idée de faire commerce de son talent! Ne lui parle jamais d'une chose pareille, Chloé, tu la tourmenterais inutilement.

Thaïs s'interposa avec placidité :

— Tourment pour tourment, je trouve encore plus grave de tirer sans cesse le diable par la queue! Supposons, Anthéa, que ta marraine accepte de te prendre avec elle à Londres. Tu as quelque chose de convenable à te mettre sur le dos?

— Je me suis fait une robe neuve la semaine dernière.

— Cela ne te mènera pas très loin, si l'on en croit le *Journal des Dames et des Demoiselles*. J'y ai lu que pour débuter dans le monde, à la « saison » de Londres, il faut avoir au moins dix toilettes.

— Si j'y vais, ce dont je doute fortement... ce sera à un mois de la clôture de cette fameuse saison. Tout le monde sait que le Prince Régent part pour Brighton au début de juin.

— En admettant... Même pour un mois, il te faut plus d'une robe!

A dix-sept ans, Thaïs se tenait très au courant de la mode. Des quatre sœurs, c'était elle qui souffrait le plus de ne pouvoir s'offrir que du tissu bon marché pour faire ses toilettes, sans avoir le moyen de les agrémenter de ces détails, de ces petites touches qui, d'après le *Journal des Dames et des Demoiselles*, donnaient tout le chic, la note « dans le ton », à la robe en apparence la plus simple.

Anthéa ne répliqua pas. Sa sœur avait raison, elle

le savait. Si elle allait à Londres – et sa mère semblait convaincue qu'elle irait –, c'était pour être présentée à la société la plus élégante, la plus raffinée de la capitale. Celle où évoluait tout naturellement sa marraine, la comtesse de Sheldon, qui en était une des célébrités.

Au fond, son départ pour Londres – sa mère avait eu l'idée de l'expédier là-bas pour la saison mondaine – lui apparaissait comme un de ces rêves qui aident à supporter le quotidien mais dont on n'espère pas vraiment qu'ils se réaliseront un jour.

Rêveuse et vivant littéralement « dans les nuages », comme disait autrefois son mari, Lady Forthingdale ne s'était pas aperçue plus tôt qu'Anthéa, l'aînée de ses filles, avait atteint dix-neuf ans; elle n'avait pas pensé qu'il convenait de lui ouvrir d'autres horizons que ceux de la vie monotone et étriquée que l'on menait en famille, au cœur d'un petit village comme il y en avait tant dans le Yorkshire.

Contre toute attente, ce fut le curé du village qui prit l'initiative de lui rappeler ses responsabilités.

Après la mort de Sir Walcott Forthingdale, ce saint homme avait déjà fait preuve de beaucoup de patience et de dévouement en donnant aux trois plus jeunes filles du défunt des leçons d'histoire, d'Ecriture sainte et de latin. En outre, il avait obtenu d'une de ses paroissiennes, retirée dans le village, et de nationalité française, qu'elle voulût bien enseigner la langue aux orphelines. La vieille demoiselle avait été professeur de français dans un pensionnat religieux, à Harrogate, jusqu'à sa retraite.

L'enseignement qu'elle dispensait aux filles de Lady Forthingdale n'était pas gratuit mais le prix en était quasiment symbolique, uniquement destiné à ne pas froisser la fierté de la veuve qui, d'ailleurs, toujours distraite, ne s'apercevait de rien.

Anthéa, elle, l'avait bien compris, mais elle s'en consolait car elle savait aussi que « Mademoiselle » s'amusait en compagnie de ses élèves et qu'elle préférait venir donner ces leçons plutôt que de rester, solitaire, dans son petit cottage, sans personne à qui parler.

Un jour, venu en visite à la maison pour informer Lady Forthingdale des progrès de Phébé en latin, le curé avait remarqué, avant de prendre congé :

— J'ai souvent pensé à la chance qui est la vôtre d'avoir des filles aussi charmantes et aussi délicieuses. Ce sera, je le crains, une rude épreuve pour vous lorsqu'elles se marieront et vous quitteront! Ce sera fatalement le cas bientôt en ce qui concerne Mlle Anthéa.

— Anthéa?... Se marier?... s'était exclamée Lady Forthingdale.

— Je crois qu'elle vient d'avoir dix-neuf ans, n'est-ce pas? Un âge où bien des jeunes personnes, surtout aussi jolies que Mlle Anthéa, songent à fonder leur propre foyer.

— Oui, naturellement, monsieur le curé.

Après le départ du prêtre, Lady Forthingdale avait appelé auprès d'elle sa fille aînée pour s'excuser de son insouciance :

— Ma chérie, comment ai-je pu me montrer si sottement irresponsable! Je ne me rendais pas compte que tu avais dix-neuf ans! Je suis impardonnable de n'avoir rien fait encore pour ton avenir.

— Mais... qu'auriez-vous pu faire, maman?

— Préparer tes débuts dans le monde!

— Mes débuts? A moi?... Je ne vois pas comment...

— Ton père et moi étions d'accord sur ce point! Sa mort m'a tellement affectée, je me suis trouvée si désemparée, que je n'ai pas envisagé un instant que le moment était venu pour toi de penser à fonder un foyer. Tu es une femme à présent, Anthéa. Tu as vieilli!

La jeune fille avait éclaté de rire :

— Oh là là! Je pense bien!... Je sens déjà mes dents qui bougent et je ne compte plus mes cheveux gris.

— Je ne plaisante pas, mon enfant. Nous sommes pauvres, c'est entendu, mais la famille des Forthingdale est respectée dans le pays depuis des siècles, et j'appartiens moi-même à une lignée qui a pris souche en Angleterre au temps de Guillaume le Conquérant!

— Oui, oui, je sais, maman! Mais notre sang bleu n'a aucune valeur aux yeux de nos créanciers et vous n'avez pas les moyens de m'offrir un séjour à Londres pendant la fameuse saison qui me permettrait de parader avec la noblesse de la capitale.

Depuis la mort de son père, Anthéa se chargeait de gérer le budget et elle savait mieux que quiconque à quoi s'en tenir sur les modestes ressources qui leur permettaient de vivre à peu près décemment. Et encore, à condition de calculer au penny près.

— Il n'est pas dans mes intentions d'assumer les frais de ton séjour à Londres, protesta Lady Forthingdale. Je ne suis pas sotte à ce point!

— Mais alors?... Les rares parents qui restaient à mon père n'envisageraient certainement pas...

— Il n'est pas question que je fasse appel à eux, de toute façon! coupa nettement Lady Forthingdale. Je préférerais mourir de faim que de leur devoir quoi que ce soit. Ils se sont montrés trop grossiers à mon égard lors de mon mariage avec votre père; ils espéraient lui voir faire un mariage d'argent et il m'a épousée par amour. Ils ne le lui ont jamais pardonné, d'ailleurs!

— Ils auraient pourtant dû le comprendre lorsqu'ils vous ont connue, s'étonna Anthéa. Vous êtes la femme la plus séduisante qui soit au monde.

– Toi, ma chérie, tu ressembles à ton père et, crois-moi... tu es aussi belle qu'il était beau.

C'était exact. Anthéa, comme son père, avait une chevelure opulente, presque noire, des yeux de chatte malicieuse, gris-vert, des lèvres pulpeuses et bien dessinées. Deux fossettes se creusaient sur ses joues lorsqu'elle souriait.

Alors qu'elle n'était encore qu'un bébé dans son berceau, on ne pouvait la regarder sans lui sourire et son rire lui-même était si communicatif qu'il gagnait tous ceux qui l'entendaient.

– Vous dites cela pour me flatter, maman... Mais continuez! J'adore être payée de mes peines par des compliments.

Lady Forthingdale soupira :

– Ta mère aurait dû te payer de tes peines de façon plus efficace!... Je m'en veux, je suis impardonnable! Comment ai-je pu manquer ainsi à mes devoirs, comment ai-je pu me montrer si insouciante et si égoïste? J'aurais dû penser plus tôt à ton avenir.

– Comment cela, maman?

– Je vais écrire à ta marraine! Mon amie Delphine, la comtesse de Sheldon!

Sous le choc de ce qu'elle considérait comme une « impardonnable négligence » de sa part, Lady Forthingdale s'était immédiatement assise à son petit bureau pour rédiger la fameuse lettre dans laquelle, faisant appel à la vieille amitié qui les liait, elle sollicitait de la comtesse de Sheldon une grande faveur : inviter chez elle, à Londres, pour quelques semaines, sa filleule Anthéa :

Depuis la mort de mon époux bien-aimé, elle a été pour moi la plus merveilleuse des filles. Et moi, dans ma douleur et mon désarroi, j'ai complètement perdu de vue que cette année, alors que mon deuil se termine, le moment est venu pour elle, depuis des mois déjà, de faire son entrée dans le monde.

Je n'ai jamais oublié, ma chère Delphine, ce que fut votre premier bal, et combien vous étiez resplendissante d'élégance et de beauté. Tous les jeunes gens étaient à vos pieds. Agréez ma prière : souvenez-vous d'Anthéa, dont vous aviez accepté d'être la marraine, et permettez-lui, durant quelques semaines, de connaître les délices de la vie à Londres et, peut-être, d'y rencontrer quelques jeunes gentilshommes dont, vous vous en doutez bien, il ne lui sera jamais permis de faire la connaissance dans notre modeste lieu de résidence.

Elle continuait ainsi, rappelant à Delphine combien elle avait montré de joie lorsque, à quinze ans, Lady Forthingdale lui avait demandé de bien vouloir être la marraine de son premier enfant.

Leurs deux familles étaient presque voisines, dans le Sussex, leurs propriétés n'étant distantes l'une de l'autre que de deux kilomètres. Leurs mères se fréquentaient beaucoup et leurs pères dirigeaient ensemble la société de chasse.

A cette époque, Delphine était en adoration devant Christobel, de trois ans son aînée, qui, à peine sortie de l'école, allait épouser le fougueux Walcott Forthingdale.

Mondain blasé, parcourant le monde avec une propension marquée à faire ce que l'on appelait « la noce », Sir Walcott n'en avait pas moins été éberlué, renversé comme une simple quille par l'apparition de Christobel à son premier bal.

Dès ce jour il ne l'avait plus lâchée et, en dépit des protestations énergiques de sa famille, avant la fin de la même année, il l'épousait.

Elle avait tout juste dix-neuf ans lorsque Anthéa était née, chez ses grands-parents paternels, où Christobel, selon l'usage, avait été obligée de passer ses mois de « confinement » car une grossesse est un état indécent que l'on se devait de ne pas exhiber dans le monde.

Chaque jour Delphine était venue lui rendre visite. Et, à la naissance de l'enfant, il apparut qu'elle allait lui vouer la même adoration qu'à sa mère. Ce fut pour elle une joie telle qu'elle en trembla lorsque son amie lui offrit d'en être la marraine.

Par la suite, les deux amies ne se virent plus que rarement.

Sir Walcott était allé s'établir, avec sa famille, dans ses terres du Yorkshire; on ne pouvait lui en faire grief car ses revenus personnels ne lui permettaient plus de mener grand train.

Peu à peu, au fil des années, les difficultés financières s'aggravant avec les guerres contre Napoléon, les rentes de Lord Forthingdale furent réduites à néant. Puis il fut tué pendant la bataille de Waterloo.

Il avait tenu à se battre et avait acheté, en dépit des protestations de sa femme, un brevet de capitaine.

– Vous êtes trop âgé! lui avait-elle dit en pleurant, alors qu'il partait pour rejoindre son régiment. Comment avez-vous le cœur de m'abandonner?

– Que je sois damné si je consens à rester tranquillement chez moi en laissant mes amis combattre à ma place! avait-il affirmé.

Il avait cependant fini par céder à ses supplications après la bataille de Trafalgar, lorsqu'il fut évident pour le monde entier que la guerre était sur le point de se terminer :

– Il faut que j'assiste à la mise à mort du Corse! Mon épée a suffisamment travaillé à cette fin. Mais, dès qu'il aura été terrassé, je rentrerai. Même si les Français poursuivent la lutte. Je vous le promets!

Il était sous les ordres de Wellington mais, heureusement pour la paix de Christobel, il n'avait pas été envoyé en Espagne.

Quand finalement les armées alliées se portèrent vers Bruxelles pour l'assaut final contre Napoléon, il ne put renoncer à la joie de participer à cette ultime campagne, avec son régiment de cavalerie. C'est sans surprise qu'Anthéa avait appris la mort de son père : elle s'y attendait. Il eût été invraisemblable qu'il n'eût pris part à cette effroyable et glorieuse charge de cavalerie qui avait laissé 2 500 hommes sur le terrain.

Tout en sachant que ce n'était pas une consolation pour sa pauvre mère dont le cœur était brisé, elle murmura :

– C'est exactement la mort qu'il désirait, puisqu'il faut bien mourir...

Elle connaissait son père; il n'était pas de ceux qui attendent leur fin dans leur lit. Dans le feu du combat, il n'aurait jamais toléré de n'être pas en première ligne, sinon le premier, à s'élancer contre l'ennemi.

Lady Forthingdale et ses quatre filles avaient été contraintes de quitter la demeure où elles avaient vécu jusque-là. Leur domaine était dans un tel état de délabrement que le peu qu'elles en retirèrent suffit à peine à régler les dettes laissées par le défunt.

Il leur resta de quoi acquérir la maison qu'elles occupaient à présent et elles purent même placer un petit capital qui leur servit une modeste rente dont elles étaient désormais bien obligées de s'accommoder.

Il n'était pas venu à l'idée d'Anthéa, depuis, qu'elle pût faire autre chose dans l'existence que veiller sur sa mère et sur ses sœurs.

De temps à autre quelqu'un du voisinage donnait un bal auquel on la conviait; elle n'avait consenti à s'y rendre que depuis les deux derniers hivers, après qu'elle fut sortie de sa période de deuil.

Mais la plupart des hommes qui l'invitaient à danser étaient soit déjà mariés, soit jalousement surveillés par leurs mères qui n'avaient nullement l'intention de laisser leurs fils s'engager dans une idylle avec « cette petite Forthingdale sans le sou, si charmante soit-elle ».

La lettre adressée à sa marraine provoqua une soudaine éclosion de rêves, qu'Anthéa faisait tout éveillée, et au cours desquels elle rencontrait non seulement un époux séduisant, aimable, mais encore suffisamment riche pour venir en aide à ses sœurs.

Car maintenant qu'une perspective s'ouvrait concernant son propre avenir, elle réalisait qu'il était essentiel, pour Thaïs également, de « se montrer dans le monde » dès l'an prochain. Anthéa réfléchissait :

Thaïs est déjà plus âgée que la plupart des débutantes. Après elle il y aura Chloé et enfin Phébé. Il faut absolument que je trouve un mari qui puisse, et veuille bien, les recevoir chez nous chacune à son tour.

Cependant, en même temps qu'elle ruminait ces beaux projets, Anthéa prenait conscience que sa marraine et sa mère ne s'étaient plus rencontrées depuis près de huit ans...

En général, lorsqu'on a cessé toute relation avec de vieux amis, on ne tient guère à s'encombrer ainsi, à l'improviste, de leur progéniture.

Il n'était pas difficile de calculer l'âge de la comtesse de Sheldon : elle avait trente-quatre ans. Même si elle connaissait peu les usages du monde, Anthéa se doutait que c'était bien jeune pour accepter un rôle de chaperon.

La comtesse avait néanmoins répondu à Christobel. Elle n'avait pas eu le cœur d'ignorer l'appel de son amie. Pour Anthéa, il y avait cependant quatre-vingt-dix-neuf chances sur cent que sa réponse fût négative.

Elle était là, cette réponse, posée sur la cheminée de la salle d'étude. Quatre paires d'yeux essayaient d'en percer le mystère.

Ce fut Thaïs qui traduisit la pensée de ses sœurs :

— Je ne pourrai jamais attendre encore une heure et demie pour savoir ce qu'il y a dans cette enveloppe! Si on l'ouvrait à la vapeur?

Chloé battit des mains :

— Oh! oui, oh! oui... On fait ça?

— Certainement pas! gronda Anthéa. C'est non seulement d'une indiscrétion coupable, mais indigne de personnes de votre rang!

Thaïs eut un sourire qui en disait long et protesta :

— D'après ce que je sais des « personnes de haut rang », j'ai l'impression qu'elles se permettent un tas de choses qui ne sont pas particulièrement convenables! Dans le roman que je viens de terminer, l'héroïne passe son temps à regarder par les trous de serrure.

— Ce sont les domestiques qui font cela, pas les « héroïnes »! coupa sèchement Anthéa. Je ne comprends pas que tu puisses lire des romans de ce genre. Tu ne les trouves sûrement pas dans la bibliothèque de papa... ni dans celle du vicaire.

Thaïs avoua :

— Effectivement! C'est Ellen qui me les prête.

— Ellen?

Devant le silence de sa sœur, Anthéa reprit, incrédule :

— Tu veux parler d'Ellen du « Canard boiteux »?

— Oui. Elle a un « monsieur » qui lui en apporte régulièrement.

Anthéa était effondrée :

– Oh! Thaïs, comment peux-tu...? Maman se trouverait mal si elle apprenait que tu es l'amie de cette fille... bien que ce soit une brave petite.

Tout en protestant ainsi, Anthéa pensait qu'il était à peu près fatal que Thaïs se soit liée avec cette servante d'auberge, étant donné qu'elle n'avait pas l'occasion de fréquenter des gens plus reluisants.

Thaïs avait eu dix-sept ans le mois précédent. Elle avait déjà perdu depuis longtemps ce que leur père appelait « les rondeurs de l'enfance » et elle était si belle que même les enfants de chœur, le dimanche à l'église, oubliaient de chanter pour la regarder.

C'est elle, se répétait Anthéa, qui devrait aller à Londres à ma place mais je me demande ce que répondrait ma marraine si on lui proposait cet échange.

– Que peut écrire maman en ce moment? demanda Chloé.

Ce fut Thaïs qui répondit à nouveau :

– Je suppose qu'elle traverse une crise religieuse.

– Eh bien! Heureusement que cela ne lui est pas arrivé alors qu'elle nous portait en son sein, sinon je suppose que l'une d'entre nous au moins se serait appelée Jézabel ou Marie-Madeleine.

Toutes éclatèrent de rire à cette boutade de Chloé.

Le jeune Cupidon, vers le cœur de Chloé, tend une main timide, se récita mentalement Anthéa.

Mais elle ne dit pas ce vers à haute voix, elles n'avaient que trop souvent taquiné leur sœur avec cette citation.

D'ailleurs, la jeune fille reprenait avec un accent de désespoir :

– Remarquez que ce n'eût pas été pire que de s'appeler Chloé. Pourquoi?... oh! pourquoi a-t-il fallu que maman ait une brève passion pour William Blake au moment de ma naissance?

— Je ne pense pas avoir eu plus de chance que toi! rétorqua Thaïs. Personne n'est capable de prononcer mon nom correctement.

— Mais il est si romantique! persifla Phébé.

Et, dressée sur la pointe des pieds, elle se mit à déclamer :

L'adorable Thaïs, assise à son côté,
Comme une fleur éclose en ce matin d'été,
Rayonnait de jeunesse et de tendre fierté...

— Oh! assez!... hurla Thaïs tandis que, s'emparant d'un livre qui traînait sur la table, elle l'envoyait à la tête de sa sœur.

A l'exception d'Anthéa, elles haïssaient toutes trois leur prénom. Anthéa se promit de relire cette ode de Robert Herrick : « A Anthéa, mon Anthéa... » Sa vie, un jour, justifierait-elle le nom qu'elle portait?

Donne-moi un baiser qui soit une blessure,
Donne m'en vingt et cent encore...

écrivait le poète.

Un homme lui dirait-il jamais quelque chose de semblable? Et s'il le faisait, qu'éprouverait-elle?

A cet instant, Chloé poursuivait :

— Pourquoi maman n'a-t-elle pas choisi un prénom dans « Le Vicaire de Wakefield ». Quand elle nous le lisait, il m'arrivait de penser, lorsque je faisais quelque chose de déraisonnable, que j'aurais pu la renvoyer à ses sources en répliquant à ses reproches :

Quand une jolie femme cesse d'être un peu folle
Et s'aperçoit alors que les hommes trahissent...

— Ce n'aurait pas été une excuse! remarqua Anthéa. Tout juste la justification d'une précaution pour l'avenir.

— De quelle « folie » veut parler le poète? intervint la petite Phébé.

Comme aucune de ses sœurs ne répondait, elle prit un air de défi :

– Si papa était encore là, je le lui demanderais et lui, il...

– Mais il n'est pas là! coupa Anthéa. Ne va pas importuner maman avec des questions de ce genre.

C'était une règle absolue dans la maison : elles ne dérangeaient jamais leur mère.

Toutes quatre adoraient la femme douce, réservée et discrète qu'était devenue Lady Forthingdale à la mort de son mari.

Ses filles mettaient un point d'honneur à la protéger des difficultés qu'elle ne faisait pas grand effort pour comprendre mais qui, si elle en avait par hasard connaissance, lui valaient plus d'une nuit d'insomnie.

Anthéa soupçonnait d'ailleurs que sa mère s'abandonnait tout entière à la poésie chaque fois qu'elle avait un problème difficile à affronter. Elle s'évadait ainsi de la réalité.

Elle agissait certainement déjà de la même façon du temps où leur père vivait, mais à présent, elle semblait de plus en plus souvent se plonger dans les profondeurs insondables des longs poèmes qu'elle lisait à ses filles lorsqu'ils étaient terminés, et qu'elle oubliait aussitôt pour en composer d'autres.

Anthéa était en train de se demander pour la première fois s'il ne serait vraiment pas possible de gagner de l'argent avec les œuvres de sa mère. Elle se répondit aussitôt que Lady Forthingdale serait horrifiée par une telle idée, sans compter qu'il y avait bien peu de chances pour qu'un éditeur s'y intéressât.

D'après ce qu'elle avait lu dans des magazines, Lord Byron avait pourtant obtenu avec ses poèmes un succès considérable.

Mais le scandale qui entourait sa vie l'avait

contraint l'année précédente à s'exiler et Anthéa soupçonnait fort que, lorsqu'il ne serait plus là pour se produire dans des cercles d'intellectuels et alimenter sa propre légende, les ventes de ses livres baisseraient rapidement, pour tomber assez vite dans l'indifférence générale.

Qui pourrait donc s'intéresser à des poèmes écrits par une dame sans histoire vivant dans le désert social du Yorkshire et qui n'avait aucun point commun avec le monde d'intellectuels, de snobs et de mondains qui faisaient ses délices des effusions poétiques d'un Lord Byron?

– Tu sais bien, Chloé, dit-elle à haute voix, comme si elle répondait avec retard à sa suggestion, que malheureusement personne dans la famille n'a un talent dont on puisse tirer quelque revenu.

– Moi, j'ai écrit un roman! protesta Thaïs.

– Oui, je sais. Mais il n'est pas terminé, tu es encore en train de l'écrire. Voilà trois ans qu'il est commencé et tu en es, si je ne me trompe, au chapitre 5... Avant que tu l'aies terminé, dans vingt ans, il n'importera guère de savoir si le prix qu'on t'en offrira te permettra de t'acheter une robe élégante ou un peignoir de pilou!

Courbant le dos, branlant la tête, les mains tremblantes, Anthéa murmura d'une voix cassée :

– Voilà toute mon... œuvre, mon bon monsieur. Aidez une pauvre femme... jadis jeune et jolie... mais qui a passé sa vie... dès les plus belles années de sa jeunesse... à écrire ceci...

Des éclats de rire l'interrompirent.

L'aînée avait un extraordinaire talent d'imitatrice et ses sœurs venaient de reconnaître la vieille Mme Ridgewell, la mendiante du village.

Thaïs se rengorgeait dans sa dignité offensée :

– Il est très difficile d'écrire un roman! En outre, je n'ai pas d'orthographe : je suis constamment obligée de vérifier et de me corriger, ce qui me prend un temps précieux!

Anthéa réfléchissait :

– Moi, je pourrais peut-être tirer quelque chose de mes aquarelles.

Chloé poussa un véritable hennissement :

– Ah, ah! La dernière fois que tu en as laissé une en dépôt au bazar du village, je m'en souviendrai! Ce n'est que lorsque j'ai baissé le prix à trois pennies que cette aquarelle a trouvé acquéreur, et encore, Mme Briggs l'a achetée, car elle trouvait le cadre assez joli.

Anthéa haussa les épaules avec résignation et raconta :

– Quand je lui ai rendu visite, la semaine dernière, alors qu'elle était malade, j'ai constaté que mon aquarelle avait été enlevée du cadre. A sa place, maintenant, il y a un bouquet de roses peint par sa petite-fille...

– Il semble donc, après cela, qu'il serait vain d'espérer trouver de l'argent par ce moyen. Moi, j'ai souvent pensé que je pourrais donner des leçons d'équitation si des gens étaient prêts à me payer, suggéra Chloé.

– Mais qui veux-tu qui te paye? dit Thaïs. Tous les gens du village qui ont un animal à quatre pattes montent dessus pour aller où ils veulent, et ce ne sont pas les membres du club de chasse à courre qui s'adresseront à toi : ils n'ont que faire de tes conseils!

– Je sais, soupira Chloé. Ah! je donnerais n'importe quoi pour un bon cheval! Ça me rend malade, depuis la mort de papa, de n'avoir plus que ce vieux Dobbin sur lequel maman se déplace. Il est vraiment minable!

– Nous ne pouvons pas nous offrir mieux, trancha Anthéa, et ce pauvre Dobbin a plus de douze ans. Je te conseille d'ailleurs de l'employer avec précaution car s'il venait à mourir nous n'aurions même pas les moyens de le remplacer.

– L'argent! l'argent! l'argent!... Dans cette maison on ne parle que de ça!

– Eh bien, oui, et nous en revenons à mon point de départ... conclut Thaïs. Si Anthéa va à Londres, qu'est-ce qu'elle a à se mettre sur le dos? Rien.

– Si. Je porterai les robes que j'ai déjà, plus celles que vous voudrez bien me faire.

Trois regards arrondis se posèrent sur elle tandis qu'elle continuait :

– J'y ai déjà pensé, pour le cas où la réponse de ma marraine serait favorable. Je suis sûre que nous sommes assez habiles pour confectionner des toilettes en nous inspirant des dessins parus dans le *Journal des Dames et des Demoiselles*. Evidemment, je ne ferai pas sensation par mon élégance mais je serai présentable.

Avec sa franchise habituelle, Chloé lâcha :

– Tu auras l'air d'un petit canard chez les cygnes!

– Bon, d'accord... un petit canard. Mais tu ne t'imagines tout de même pas que je vais refuser d'aller à Londres pour une simple question de toilette?... Non! J'ai le sentiment que mon séjour là-bas pourra nous être utile à toutes!

Il y eut un silence que rompit Thaïs :

– Tu veux dire... que tu espères te trouver un mari?

– Si je peux, évidemment!

– Je ne veux pas que tu te maries!... bêla Phébé en reniflant. Si tu te maries, tu nous quitteras. Sans toi ici, la vie deviendra horrible... vraiment horrible, Anthéa!

Tout en parlant elle avait couru à sa sœur et se suspendait à son cou, se serrait contre elle :

– Nous t'aimons tant!... Nous ne pouvons pas te

laisser nous quitter pour aller épouser un affreux bonhomme qui ne pourra jamais t'aimer comme nous t'aimons!

– Mais peut-être épouserai-je un homme charmant qui me permettra de vous prendre chez moi, qui prêtera ses plus beaux chevaux à Chloé et donnera un grand bal pour les débuts de Thaïs dans le monde? suggéra Anthéa.

– Tu crois réellement qu'une chose pareille est possible? demanda Thaïs.

– Je peux toujours essayer.

Devant les visages sérieux de ses sœurs et leurs yeux écarquillés, Anthéa sourit, de ce sourire malicieux qui creusait ses fossettes :

– Si je vais à Londres, j'ai décidé de suspendre à mon cou un écriteau sur lequel on lira : *En charge de trois sœurs. Prière de venir à mon aide en m'offrant une alliance.*

Trois éclats de rire détendirent l'atmosphère. A cet instant la porte s'ouvrit et Lady Forthingdale parut.

Elle avait le regard perdu comme en un songe et le geste lent : les jeunes filles comprirent immédiatement que son esprit était ailleurs, en quête de l'inspiration poétique.

– J'ai besoin que vous m'aidiez, petites. Je ne parviens pas à trouver la fin de mon poème.

Elles avaient toutes un tel respect pour son talent qu'aucune ne songea, sur le moment, à parler de la lettre. En silence, elles attendaient que leur mère, qui avait levé lentement une de ses longues mains blanches et qui franchissait le seuil d'un pas glissant, leur lise le début de l'œuvre qu'elle ne pouvait terminer. Aussi commença-t-elle :

Si en mourant nous renaissons,
Si en quelque endroit de ce vaste univers
Tu m'attends pour refermer sur moi tes bras,

Alors j'embrasserai avec ferveur la Croix
Afin de retrouver par ce saint sacrifice
La gloire de l'Amour qui est Gloire de Dieu...

— C'est très beau, maman! s'exclama Anthéa.

— C'est l'un de vos meilleurs! approuva Thaïs.

— Mais que mettre ensuite?... gémit Lady Forthingdale. C'est ce que je n'arrive pas à trouver.

— L'inspiration vous reviendra, promit Anthéa. De toute façon, il est l'heure de déjeuner. Votre muse reviendra cet après-midi.

— Ce matin, tout le début m'est venu très facilement à l'esprit. Mais ensuite... Il y a des heures que je...

Anthéa ne pouvait plus tenir. Elle coupa :

— La lettre est là, maman! Elle est arrivée depuis un bon moment déjà, mais comme vous travailliez...

Lady Forthingdale regardait sa fille avec un certain étonnement. Elle balbutia :

— Quelle lettre? De quoi me parles-tu?

— La lettre de Londres, maman!

— De Londres?... Ah! oui... de Delphine Sheldon! Je l'avais complètement oubliée. Mais ce n'est pas en réponse à la mienne, cependant!

— Je crois que si.

Chloé avait bondi jusqu'à la tablette de la cheminée où avait été posée la lettre qu'elle plaça entre les mains de sa mère.

— Ce ne peut être sa réponse, voyons! C'est arrivé trop vite!

— C'est arrivé sur les ailes de la colombe! ne put s'empêcher d'ironiser Chloé qui ajouta aussitôt : Mais ouvrez-la, maman! Ouvrez-la et voyez ce qu'elle dit!

Posément, trop lentement au gré de ses filles qui guettaient ses moindres gestes, Lady Forthingdale décacheta la lettre et commença de la lire, en silence.

Chloé fut incapable de dompter son impatience :

– Lisez tout haut, maman, par pitié! Lisez tout haut!

– Oui, bon, c'est entendu. J'oubliais que cela vous concerne toutes, surtout Anthéa.

Elle sourit à son aînée avant de s'éclaircir la voix. Enfin, elle lut :

Hôtel Sheldon
Rue Curzon
Londres
28 avril 1817

Très chère Christobel,
Ce fut pour moi une surprise, et des plus agréables, de recevoir de vos nouvelles après tant d'années. J'ai très souvent pensé à vous et j'ai été très affectée d'apprendre que Walcott avait été tué à Waterloo. Combien de nos hommes, parmi les plus beaux et les plus braves, sont morts pour sauver le monde de ce monstre qui avait nom Napoléon Bonaparte!

Evidemment, je serai ravie d'avoir ma filleule, Anthéa, auprès de moi, à Londres, pour quelque temps. Il est bien dommage que nous n'y ayons pensé plus tôt car, malheureusement, la saison touche à sa fin et je n'aurai plus guère l'occasion de la présenter à des personnalités de toute première importance dans le monde.

J'espère pourtant pouvoir lui offrir quelque distraction et je suggère qu'elle vienne dès qu'elle pourra, le plus tôt sera le mieux.

Il ne m'est pas possible de dépêcher un attelage du comte jusqu'à votre lointain Yorkshire, mais si vous pouviez conduire vous-même ou faire conduire Anthéa jusqu'à l'auberge du Cheval Blanc, à Eaton Socom, dans la journée de vendredi, je m'arrangerais pour lui trouver quelque chaperon qui veillerait sur elle jusqu'à samedi matin et j'enverrais notre berline de voyage les chercher toutes deux pour les ramener à Londres.

Ma très chère Christobel, je languis de revoir ma filleule dont je me souviens comme d'une enfant vraiment adorable. Sa présence me rappellera les temps heureux et déjà lointains, hélas! où nous étions nous-mêmes deux jeunes filles insouciantes. Oh! très chère amie, comme le temps passe!

Croyez à ma sincère et inaltérable tendresse,
Delphine Sheldon.

Après les derniers mots lus par sa mère, Chloé poussa un hurlement d'enthousiasme :

– Elle a dit oui, elle a dit oui!... Oh! Anthéa, tu as entendu? Tu pars pour Londres!

Chloé attendait un écho à sa joie mais Anthéa, debout, silencieuse, regardait sa mère avec une sorte d'appréhension.

– Vendredi soir, murmura-t-elle. Vous rendez-vous compte, maman, que cela ne me laisse que la journée de demain pour préparer ce voyage?

– Eh bien? Tu as largement le temps de faire tes valises!

– Mais voyons, maman...

Anthéa s'interrompit. Son regard avait rencontré celui de Thaïs et elle avait compris qu'il était préférable de ne rien ajouter.

Si elle disait, en effet, qu'elle n'avait « rien à se mettre », elle ne ferait que plonger Lady Forthingdale dans la consternation, voire dans le désarroi, sans qu'aucune solution puisse être trouvée au problème.

D'ailleurs, même une semaine entière de délai n'eût pas suffi pour confectionner une garde-robe susceptible de convenir aux réceptions qui l'attendaient à Londres.

Je n'aurai qu'à expliquer à ma marraine, pensa

Anthéa, qu'il ne lui reste qu'à me prendre telle que je suis!

Cependant Lady Forthingdale commentait gaiement :

– C'est très gentil de la part de Delphine! J'étais sûre qu'elle ne me ferait pas défaut. Je vous l'ai répété maintes fois, mes enfants : dans la vie, ce sont nos amitiés qui constituent notre vraie richesse...

Au même instant, à Londres, dans son ravissant boudoir, la comtesse de Sheldon recevait le duc d'Axminster.

Il rentrait juste de Newmarket où il avait accompagné le Prince Régent en qualité de gentilhomme de sa suite. A l'Hôtel d'Axminster, il avait trouvé, l'attendant, un mot de la comtesse. Elle le mandait immédiatement chez elle et il s'y était rendu sans même prendre le temps de se changer.

Dans sa tenue d'équitation, avec ses hautes bottes de cuir lustré, sa jaquette de whipcord vert, il semblait encore plus beau, plus fascinant qu'à l'ordinaire.

Son regard hautain, presque arrogant en d'autres circonstances, s'adoucissait singulièrement tandis qu'il se posait sur le visage de la jeune femme.

– Votre appel semblait urgent. Je suis venu sans perdre une minute, déclara-t-il.

– Je languissais de vous voir, en effet. Il nous arrive un coup de chance extraordinaire!

– Vraiment? En quel domaine?

– Edward a décidé brusquement que nous allions nous installer pour tout de bon à la campagne. Vous savez combien il déteste Londres... Et, de plus, quelque chose à son club – je ne sais quoi au juste – l'avait mis en fureur. Il était vert de rage et il m'a annoncé que nous partirions dès mardi et qu'il allait fermer l'hôtel.

– Seigneur!... Et qu'avez-vous fait?

– J'ai discuté, protesté, en pure perte... Il ne se sent vraiment bien que lorsqu'il est à Sheldon et il est déterminé à retourner là-bas et à y rester pour y vivre.

La comtesse fit une pause pour exhaler un soupir profond avant de continuer :

– Moi, je déteste ce domaine! Et je dois, de plus, y supporter la présence de ma belle-mère, qui le transforme en un véritable enfer. Imaginer que j'allais vivre là-bas, sans aucune possibilité de vous voir, me rendait folle. Je mourrais si je devais vous perdre...

– Moi aussi, chérie, je crois que je mourrais...

– Je sais, mais... ce n'était pas vraiment un argument dont je pouvais user vis-à-vis d'Edward!

Le duc s'impatienta :

– Qu'est-il donc arrivé?... Vous parliez d'une chance extraordinaire?

– Je vais vous l'expliquer, Garth... mais je voulais d'abord que vous preniez bien conscience qu'il s'en est fallu de rien pour que nous soyons séparés et que je sois condamnée à vivre emmurée dans ce tombeau de famille, au fin fond du Wiltshire!

Il sourit, un peu moqueur :

– Bon! Pour l'instant vous êtes là, devant moi, et dans l'immédiat c'est tout ce qui m'importe.

– A moi aussi, Garth, cela importe plus que tout.

Elle avait posé la main sur la poitrine du duc. Il la prit doucement et la porta à ses lèvres.

Elle se demandait s'il y avait, dans tout Londres, un seul homme qui eût à la fois tant de grâce, de charme tendre et de puissance virile, presque brutale. Non, il était unique!

– Vous êtes adorable, murmurait-il. Mais continuez votre histoire.

— J'étais désespérée. Car lorsque Edward s'est mis quelque chose en tête, il est aussi vain de vouloir l'en arracher que de briser le rocher de Gibraltar à coups de pied.

— Pourtant, vous y êtes parvenue, puisque...

Il éprouvait une certaine impatience à cause de la lenteur que mettait la comtesse à dévoiler la fin du mystère.

— Non, je n'y suis pas vraiment parvenue, mais c'est alors que le miracle est arrivé! Descendant du ciel, au dernier moment, alors que j'avais abandonné tout espoir et que ma femme de chambre préparait déjà mes malles, une lettre s'est posée sur le plateau du courrier. Elle m'était adressée par Lady Forthingdale.

Le duc eut une moue dubitative :

— Je devrais la connaître?

— Non, pas du tout! Elle vit dans le Yorkshire. C'est une de mes amies d'enfance.

Il hocha la tête, attendant la suite. Delphine expliqua :

— Depuis huit ans je n'avais plus entendu parler d'elle, et voilà qu'elle m'écrivait pour me demander si je consentirais à prendre auprès de moi sa fille aînée, qui est ma filleule, afin de lui permettre de faire son entrée dans le monde, pour la fin de la saison.

Attendant une réaction du duc, la comtesse se tut. Mais il n'en eut aucune. A la fin, elle s'exclama :

— Vous ne comprenez pas? Oh! Garth, ne soyez pas si bête! Quand j'ai montré cette lettre à Edward, il a tout de suite admis que ce qui importait avant tout, c'était de remplir mon devoir de marraine! Et qu'il était impossible pour moi de refuser le service que me demandait Lady Forthingdale.

— Ce qui signifie que vous allez recevoir cette fille chez vous?

— Mais naturellement! Je vais la prendre ici! Je

suis prête à héberger n'importe qui chez moi, la Méduse ou tout autre monstre mythologique dont la chevelure serait un nid de serpents sifflants... si cela me fait rester à Londres!

Elle se libéra de l'oppression heureuse qui comprimait sa poitrine par un long soupir saccadé.

– Comprenez-vous, maintenant? Mon cher mari a gagné seul son cher domaine de Sheldon et moi, je suis autorisée à finir la saison ici pour y recevoir dignement cette précieuse enfant dont j'ai le bonheur d'être la marraine!

– Le comte vous a vraiment permis de rester seule à Londres?

– Non, pas « seule », corrigea Delphine. Mais avec ma filleule, Anthéa, à condition que je n'aie qu'un seul souci : celui de la chaperonner. De la plus respectable façon bien sûr! Ce qui signifie que je vais devoir la conduire à toutes les réceptions données par des gens de réelle importance; je m'y comporterai comme une duègne et je resterai assise sur l'estrade, surveillant jalousement son comportement ainsi que celui de ses danseurs, sans m'autoriser moi-même à recevoir les hommages d'aucun galant.

– Pas même les miens? protesta le duc.

Elle éclata de rire :

– Vous, mon chéri, c'est autre chose. Je viens de vous exposer la situation suivant les règles d'Edward. C'est ce que je lui ai promis, en ce qui concerne mes sorties dans le monde. Vous le connaissez, vous savez combien il est strict sur le chapitre des convenances. Sur l'obligation qu'a chacun de faire son devoir... surtout quand il s'agit du devoir des autres! Pour lui-même, il s'accorde toujours quelques dérogations. Il a quitté Londres persuadé que je me montrerais une marraine parfaite envers...

Elle s'interrompit brusquement :

– Quel est son prénom, déjà? Je devrais m'en souvenir, j'étais à son baptême. Ann... Att... Ah! Anthéa! C'est cela! Oui, bien sûr : Anthéa!

Rieuse, elle s'appliqua à énoncer, syllabe par syllabe, d'un ton moqueur :

– Anthéa Forthingdale! Pauvre petite! On en a plein la bouche.

Le duc hocha la tête :

– Vous avez raison, c'est pour nous une chance fantastique! Je n'aurais pas supporté qu'on vous arrache à moi pour vous contraindre à vivre à Sheldon. Et il m'eût été bien difficile de trouver un prétexte pour aller moi-même m'enterrer dans ce coin perdu!

– Tandis que vous n'aurez besoin d'aucun prétexte pour venir me voir ici. Car non seulement Edward est parti, mais il a emmené avec lui son vieux maître d'hôtel sénile qui n'avait qu'une seule occupation : celle de m'espionner continuellement. Il a aussi emmené son valet de chambre personnel, et même cet écuyer rougeaud qui est au service des Sheldon depuis plus de quarante ans! Tout cela n'est pas très normal; comment un domestique peut-il supporter les mêmes maîtres si longtemps? Il y a du louche, là-dessous... Enfin, bref, mon personnel est tout nouveau et ne connaît que moi!

Elle leva ses deux mains devant elle, en un geste éloquent :

– Donc, ma maison vous est grande ouverte, comme mon cœur, mon très cher, mon adorable, mon irrésistible amant!

Le duc fit immédiatement ce que Delphine attendait de lui : il la prit dans ses bras.

Une heure plus tard, se regardant dans son miroir alors qu'elle venait de s'habiller pour dîner, la comtesse souriait à son reflet charmant avec satisfaction : que la vie était belle quand on se sentait libre d'agir selon ses seuls désirs!

Elle n'avait pas exagéré en se disant « désespérée » à la pensée de devoir quitter Londres immédiatement, sur l'ordre de son mari, simplement parce que son « seigneur et maître » en avait assez de la capitale.

Et pourtant, si la lettre de Lady Forthingdale n'était pas arrivée juste à point, il lui eût bien fallu obéir...

Comme Christobel, elle s'était mariée très jeune, à dix-huit ans, mais l'union qu'elle avait contractée ne ressemblait en rien à celle de son amie d'enfance.

Immensément riche, d'une importance sociale considérable, le comte de Sheldon était veuf depuis dix ans lorsqu'il avait rencontré, dans la salle de bal bondée de l'Hôtel des Devonshire, celle qui allait devenir sa seconde femme.

Elle était noyée dans la foule des débutantes. Les parents de toutes les jeunes filles présentes considéraient comme un honneur insigne d'être invités à l'un des bals donnés par le duc et la duchesse de Devonshire; celui-ci réunissait ce qu'il y avait de plus éminent, de plus sélect dans l'aristocratie. Toute personne de quelque importance l'attendait avec fébrilité pour savoir si elle serait digne de figurer parmi les élus.

Delphine n'avait rien qui pût la distinguer des autres jeunes filles de son âge. Peut-être était-ce sa chevelure de feu qui avait attiré l'attention du comte, ou encore son allure juvénile avait-elle charmé un homme blasé des coquetteries et des artifices.

Plus simplement, l'heure était sans doute venue pour Sheldon de tomber enfin amoureux fou, ce qui ne lui était encore jamais arrivé! Cupidon, ce petit dieu malicieux, se plaît à percer de ses flèches ceux qui s'y attendent le moins. Il choisit son heure et sa victime. Dans ce cas, c'est le « coup de foudre », auquel il est vain de chercher une explication logique.

Donc, le comte, qui, depuis son veuvage, s'était intéressé à des beautés plus mûres et plus expérimentées, invita cette débutante rousse à danser... et avant même que cette danse eût pris fin, il avait joué et perdu son cœur.

Delphine, elle, était à la fois intéressée et écrasée par la personnalité de celui qui lui avait fait l'honneur de la distinguer.

Mais, même si elle avait voulu, étant donné leur différence d'âge, repousser son prétendant, cela lui eût été impossible. Ses parents, que le succès de leur fille éblouissait, menèrent rondement les choses. Elle se retrouva sans tarder dans l'allée centrale d'une église, remontant la nef au bras du comte de Sheldon. Elle avait à peine eu le temps de comprendre ce qui lui arrivait.

Au début de leur union, elle fut tout d'abord extrêmement heureuse.

Le luxe inouï dont son mari l'entourait, l'existence brillante qu'elle lui devait, l'orgueil de faire désormais partie de la société la plus raffinée qui fût en Europe, firent d'elle une épouse en adoration devant celui qui l'avait choisie et auquel elle resta scrupuleusement fidèle pendant dix ans.

Dix ans durant lesquels elle donna au comte trois enfants, deux garçons et une fille. Après quoi, elle commença de penser à elle-même en tant que personne, et non plus comme l'épouse d'un comte devant se plier aux devoirs de son rang.

Son mari prenait de l'âge et il déclarait se plaire bien davantage à la campagne que dans la capitale. Plus grave encore, il ne s'entendait guère avec le Régent.

En fait, il supportait de plus en plus mal les

exigences de l'héritier du Trône. Celui-ci, de plus en plus frustré de n'être pas roi lui-même, cherchait à compenser l'injustice du sort en exigeant de son entourage une adulation permanente, des propos flatteurs excluant toute critique, et un dévouement de chaque instant qui devait se traduire par une obéissance immédiate au moindre de ses ordres.

Le comte était lui-même très égoïste et d'un individualisme très marqué : il considérait l'obligation de se trouver constamment à l'Hôtel Carlton, la demeure londonienne du Régent, comme une corvée intolérable et tyrannique.

Cependant, il était fin diplomate et averti des dangers qu'il y a à manifester de la mauvaise humeur auprès des grands de ce monde! Il préférait donc rester soumis en apparence et se retirer, sous quelque prétexte, dans son château de Sheldon, loin de la Cour.

Delphine, en revanche, ne se plaisait qu'à Londres. Elle y trouvait tout ce qu'elle pouvait désirer en fait de distractions et de relations. Et elle se sentait prête à se montrer charitable envers tout séduisant gentilhomme qui succomberait à ses charmes et viendrait déposer son cœur à ses pieds...

Avec les années, elle avait acquis une belle expérience et savait apprécier exactement ses qualités physiques, le rayonnement de sa sensualité et son charme indéfinissable; elle n'avait aucunement l'intention de mettre cette flamme en veilleuse.

Elle était très belle et avait grande allure. La situation éminente du comte lui avait aisément permis de devenir l'une des femmes les plus en vue et les plus admirées de la société raffinée, joyeuse et un peu extravagante qui paradait à l'Hôtel Carlton.

Lorsqu'elle prit un premier amant, elle en

éprouva de la honte; le sentiment de sa culpabilité l'écrasa durant plusieurs jours.

Puis, avec le temps, cette expérience se renouvela maintes fois. Delphine n'avait plus, désormais, qu'un souci à ce sujet : le comte devait rester dans l'ignorance de ses fredaines. Car, pour sa part, il n'était pas question qu'elle renonçât à ses plaisirs. Ces aventures étaient nécessaires à son bonheur et à son équilibre.

Néanmoins, il lui arrivait de trembler...

Quoiqu'elle parvînt le plus souvent à obtenir d'Edward ce qu'elle voulait, elle se heurtait, dans certains cas, à une détermination implacable et contre laquelle, en insistant, elle se fût brisée en vain. Le comte était intraitable sur le chapitre de l'honneur de la famille; le choix de leur lieu de résidence était sacré : il décidait entre Londres et Sheldon et nul ne devait y trouver à redire.

Aucun argument, aucune prière, aucun défi ne pouvaient entamer la résolution du comte, Delphine ne l'ignorait pas.

Elle était donc résignée, une fois encore, à obéir et prête à aller s'enterrer pour de longs mois à Sheldon. A la onzième heure, une sorte de miracle lui avait permis de ne pas quitter Londres et – ce qui était encore plus important – de ne pas s'éloigner du duc d'Axminster.

Elle avait rêvé pendant longtemps en secret, comme la réalisation d'une ambition suprême, de faire la conquête de cet homme prestigieux.

Il avait la réputation d'être non seulement très difficile dans le choix de ses maîtresses, mais passait pour un homme dédaigneux, vite lassé et incapable de s'attacher à aucune.

Et, de plus, il était naturellement convoité comme gendre par toutes les mères de filles en âge d'être mariées, du nord au sud et de l'est à l'ouest de l'Angleterre; du moins parmi les familles capables de prétendre à une telle union.

Ce gibier de choix était devenu le trophée que pourchassaient en conséquence les reines de la mode, ces dames qui mettaient leur gloire et leur honneur à tenir durablement sous leurs charmes, au vu et au su de leurs pareilles, un homme prestigieux et réputé insaisissable. Celles-là collectionnaient leurs amants abandonnés comme un chef peau-rouge compte les scalps de l'ennemi suspendus dans sa tente.

Pareille chasse avait demandé à Delphine beaucoup de temps, de patience, tout un assortiment de manœuvres habiles et, il faut le dire, une certaine part de chance. Finalement, elle était parvenue à « harponner » le duc.

Victoire d'autant plus douce qu'au cours de cette longue poursuite elle était tombée follement amoureuse de sa proie : le célibataire le plus sollicité de Londres, vétéran d'innombrables combats contre le dieu Eros dont il était toujours sorti sans une égratignure.

La convoitise qu'il inspirait n'était pas due uniquement à ses richesses, pourtant considérables, ni à son indéniable séduction. Ce qui attirait la plupart des femmes – même parmi les plus sages qui n'envisageaient en aucune façon de chercher à lui plaire –, c'était la flamme froide de son regard, l'expression détachée, hautaine, presque arrogante, de son visage. Pour Delphine, cela le rendait beaucoup plus intéressant que ses autres conquêtes, qui montraient la plus humble dévotion à son égard.

Elle était convaincue qu'elle était plus amoureuse de lui qu'il ne l'était d'elle et elle y voyait un défi qu'il lui fallait relever.

Quoiqu'elle employât tous les raffinements qu'elle avait appris, toute la science amoureuse et l'expérience dues à une pratique déjà longue, elle n'était jamais sûre de se l'être réellement attaché et cela rendait son combat intime encore plus excitant.

Mais elle était bien décidée à ce que, tôt ou tard, il devînt lui aussi son très humble esclave, comme l'avaient été ceux qui l'avaient précédé dans ses faveurs.

– Milady portera-t-elle ses émeraudes, ce soir? lui demanda sa femme de chambre.

Delphine sursauta.

Elle était plongée dans la contemplation de sa propre image – et ses pensées étaient ailleurs. Elle fut incapable, sur l'instant, de savoir où elle était et ce qu'elle faisait là.

Elle se ressaisit aussitôt :

– Oui, Maria... oui, les émeraudes. Mais au fait, je me souviens... Une jeune fille va arriver pour passer quelque temps ici. Elle sera là vendredi.

– Vendredi, Milady?

– C'est ce que je viens de vous dire, non? Elle occupera la chambre de derrière. Elle y sera plus tranquille que dans celle d'à côté.

– Elle est vraiment toute petite, Milady.

– Cela n'a aucune importance. Les gens qui arrivent de la province, Maria, ne sont pas habitués au trafic de Londres, et les fenêtres de la chambre voisine de la mienne donnent sur la rue.

– Oui, bien sûr, Milady. Je n'y avais pas pensé.

– Nous devons faire en sorte que miss Forthingdale ait ici tout le confort possible.

Tout en parlant, elle se disait avec satisfaction que plusieurs de ses connaissances avaient des filles qui venaient tout juste de faire leurs débuts.

Dès le lendemain elle irait rendre ses visites pour persuader ses relations d'inviter Anthéa à leurs réceptions et de l'emmener à celles où elles se rendraient pour accompagner leurs propres filles.

Cela me laissera un peu de liberté, pensa-t-elle, et je pourrai voir Garth.

Un petit soupir de satisfaction ponctua cette perspective.

Tandis que la femme de chambre fixait dans ses cheveux roux le diadème d'émeraudes, elle se disait que Garth lui appartenait, entièrement, absolument, comme elle était sûre qu'il n'avait jamais appartenu à aucune autre femme avant elle.

Et pourquoi pas, après tout? protesta-t-elle contre un doute léger qui se levait en son esprit. Je suis infiniment plus séduisante qu'aucune d'entre elles!

2

Anthéa arriva à Londres entourée d'un luxe qui contrastait vivement avec ce qu'avait été la première partie de son voyage.

Lady Forthingdale avait tout d'abord été horrifiée à la pensée de laisser sa fille aller seule jusqu'à Eaton Socom.

Elle déclara d'emblée que c'était absolument impossible à moins qu'elle ne prenne la chaise de poste et que l'on ne trouve quelqu'un pour l'accompagner.

– Mais vous oubliez, maman, qu'une telle manière de voyager coûte très cher! Louer la chaise de poste pour moi seule représenterait une dépense astronomique.

Lady Forthingdale en convint et ne trouva plus rien à dire. Anthéa profita de son silence :

– Je prendrai la diligence et je vous assure que j'y serai fort bien, chaperonnée par la douzaine de voyageurs qui s'y trouveront en même temps que moi.

– Mais je ne peux pas... commença timidement sa mère.

La jeune fille l'interrompit avec fermeté :

– Sinon, maman, je ne peux m'offrir le voyage et je dois renoncer à aller à Londres, voilà tout! Vous m'avez laissé la responsabilité de notre budget, c'est moi qui règle les affaires d'argent. Je vous assure qu'il sera déjà difficile de joindre les deux bouts, même sans dépense supplémentaire.

Seule avec Thaïs, Anthéa laissa les larmes lui monter aux yeux :

– Je sais ce que tu vas me dire, Thaïs, mais je ne peux m'offrir la moindre robe convenable sans vous contraindre aux privations. Il faut que vous mangiez, tout de même!

– Peut-être ta marraine aura-t-elle la générosité de t'offrir quelques toilettes?

– Nous pouvons toujours espérer qu'elle le fera... Je ne dois pourtant pas me laisser bercer de vaines illusions. Ce serait trop dur, après... si jamais...

– Emporte quelques-unes des vieilles nippes que tu mets pour jardiner et qui sont toutes rapiécées, suggéra Thaïs en riant. Quand elle te verra là-dedans, elle sera bien obligée de le remarquer et cela l'incitera peut-être à...

Anthéa haussa doucement une épaule, avec indulgence :

– J'ai la certitude, Thaïs, que tu serais à ta place à Londres, mieux que moi. Pourquoi n'irais-tu pas?

– En voilà une idée!... D'abord, la comtesse n'est pas ma marraine à moi.

Anthéa plissait le front, pensive :

– C'est quand même curieux qu'après tant d'années elle ait manifesté pareille joie d'avoir des nouvelles de maman et qu'elle ait la gentillesse de me prendre ainsi auprès d'elle. Si vite... sans me connaître!

– C'est une très ancienne amie de maman!

– Je sais. Mais tout de même... Tout le monde nous a laissées dans la détresse depuis la mort de papa; personne n'a paru le moins du monde se soucier de ce que nous devenions. Y compris la comtesse à cette époque-là.

– Nous habitons une maison si... modeste! C'est d'ailleurs pour cela que maman a pu l'acheter. Mais avoue, Anthéa, que c'est un vrai trou à rats! Triste, isolé... Il faut faire six kilomètres pour aller chercher la diligence, quand on veut en sortir!

Anthéa ne trouva rien à répliquer.

Mais cela la confirma dans sa détermination de tenter l'impossible pour tirer ses sœurs de là avant qu'elles aient perdu toute fraîcheur et toute beauté, sans avoir jamais été remarquées sinon par les garçons du village.

C'est donc avec le sentiment qu'elle allait se lancer dans une aventure d'une extrême importance pour toutes qu'Anthéa quitta la maison, le lendemain matin. Elle savait que le voyage qu'elle entreprenait serait long et exténuant.

Thaïs et Chloé la conduisirent, dans la vieille charrette anglaise que traînait Dobbin, et qui était leur unique moyen de locomotion, jusqu'au carrefour où la diligence pour Harrogate passait une fois par jour.

Il y avait encore de la place. Anthéa put s'asseoir sans difficulté à côté des autres voyageurs.

Elle passa les trente premiers kilomètres à bavarder avec un fermier de la région. Il avait connu son père autrefois et fut très content de trouver une oreille dans laquelle déverser ses griefs et ses doléances. Il n'eut même pas le temps de s'étonner que cette oreille fût celle d'une toute jeune fille voyageant sans chaperon.

La manière dont le gouvernement traitait les paysans, maintenant que la guerre était finie, le révoltait.

– Ils avaient besoin de nous... Nous étions des gens importants quand « Napo » leur cherchait des noises depuis l'autre côté du Channel. Maintenant qu'ils l'ont vaincu, nous aussi nous sommes vaincus!

Plus personne ne s'intéresse à nous ni à ce que nous devenons.

Anthéa essayait de le réconforter mais elle ne fut pas mécontente lorsqu'ils arrivèrent à Harrogate et qu'elle dut changer de voiture pour monter dans une diligence beaucoup plus vaste et confortable, destinée aux longs parcours. Celle-ci était presque pleine et elle eut quelque peine à trouver une petite place disponible.

Elle était comprimée entre une grosse dame portant un bébé braillard sur ses genoux, et un homme mutilé, déjà âgé, qui insistait pour qu'on laissât la vitre fermée.

Avant qu'ils aient atteint l'auberge de la Poste où ils devaient passer la nuit, Anthéa avait changé le bébé, recherché sous les sièges des canetons qui avaient réussi à s'échapper du panier dans lequel ils étaient transportés, et écouté les récriminations du mutilé dénonçant le prix excessif de la pension à l'auberge pourtant la plus humble d'Harrogate.

Elle avait eu également le temps de transpirer abondamment dans la voiture inconfortable, sans air, et où l'atmosphère commençait à devenir irrespirable.

Elle était si lasse qu'elle s'endormit aussitôt couchée; elle passa une nuit paisible en dépit du lit dur qu'on lui avait donné à l'auberge.

Elle était visiblement la seule à s'être reposée et elle montra au matin un visage épanoui et souriant. A cinq heures et demie, une servante déjà lasse et débordée servit aux voyageurs leur petit déjeuner.

Cette première partie de son voyage lui rendit le confort et les marques d'attention qui l'attendaient au « Cheval Blanc » d'Eaton Socom encore plus agréables.

La suivante que lui avait adressée sa marraine n'était pas, comme elle l'avait redouté, une matrone désagréable prête à regarder de haut, bouche pincée et nez froncé, la petite campagnarde qu'elle avait la tâche d'escorter jusqu'à Londres.

C'était une jeune fille de vingt-deux ans environ, du nom d'Emma, visiblement ravie et très flattée de la mission. Elle raconta :

— Miss Parsons, notre première femme de chambre, qui dirige tout le personnel, a toujours mal au cœur en voyage, savez-vous ? Alors quand Mme la comtesse lui a dit qu'elle devait aller vous chercher à Eaton Socom, elle s'est mise à trembler comme une feuille. Je vous le jure, miss, elle tremblait que c'en était pitoyable !

— Je suis navrée de lui avoir causé une telle émotion, déplora Anthéa.

— Mais ç'a été ma chance ! J'ai eu l'impression d'être une vraie dame, moi, dans cette berline. Jamais encore je n'avais voyagé de nuit dans une belle voiture comme ça.

Il était évident qu'Emma aimait à bavarder. Alors que la veille, à son arrivée au « Cheval Blanc », Anthéa était trop fatiguée pour avoir envie de parler avec qui que ce fût, elle se sentait, ce matin-là, tout à fait disposée à écouter la jeune femme de chambre pendant le trajet.

Assise en face d'elle, sur le strapontin de la berline à l'intérieur confortablement capitonné, Emma reprenait haleine.

— Je ne suis encore jamais allée à Londres, lui confia Anthéa.

— C'est une ville immense ! Mais vous y trouverez toutes les distractions possibles, et pour tout le monde, du plus important personnage au plus insignifiant traîne-savates. Il n'est pas étonnant que Mme la comtesse préfère vivre à Londres qu'à Sheldon !

S'apercevant qu'elle réussissait à capter l'attention d'Anthéa, elle n'hésita pas à poursuivre :

— Nous étions en train de boucler les malles,

miss. On les avait toutes descendues des combles quand la lettre de Mme votre mère est arrivée. J'aidais Maria, qui est la femme de chambre personnelle de Mme la comtesse, quand elle est entrée en trombe dans la chambre en criant : « Nous sommes sauvées, Maria! Nous sommes sauvées! Défaites-moi tout ça. Nous restons à Londres. Oh! Maria! combien je lui suis reconnaissante! »

Anthéa était assez surprise... Elle réalisait qu'il devait y avoir là l'explication de la hâte surprenante avec laquelle la comtesse avait répondu à la lettre de son amie d'enfance.

Veillant à ne pas donner l'impression qu'elle se livrait à un interrogatoire, elle demanda légèrement :

– Mme la comtesse déteste donc la campagne?

– Elle l'a en horreur, miss. Nous le savons tous, et cela n'est pas pour nous surprendre. Je l'ai entendue dire que le château de Sheldon ressemblait à une prison, et c'est un peu vrai... Sans compter qu'il est à des kilomètres de tout lieu habité.

– Alors, vous aussi, vous préférez Londres?

– Pour bien des raisons! confia Emma d'un air à la fois timide et entendu.

– Ah, ah! Un fiancé?

– Comment l'avez-vous deviné? Oui, et il est si gentil! Il est probable que si j'étais partie pour Sheldon il aurait trouvé quelqu'un d'autre. Je le parierais à dix contre un! On ne peut pas abandonner un homme seul, sans personne pour veiller sur lui, pour s'en occuper. Il cherche ailleurs, et il finit par trouver. C'est normal.

Le babillage d'Emma devait apprendre à Anthéa beaucoup de choses avant qu'elles ne soient au terme de leur voyage. Elle se sentait encore plus inquiète en songeant aux quatre malheureuses robes que contenait sa malle rangée à l'arrière de la berline.

Elle avait emporté sa plus belle toilette, qui était aussi la plus neuve, celle que Thaïs s'était faite au début du printemps, et deux autres appartenant à sa mère.

La nuit avant son départ, elle avait veillé tard pour les reprendre à la taille et en raccourcir les manches.

Toutes les filles de Lady Forthingdale savaient coudre. Leur vieille nourrice le leur avait appris. Grâce aux leçons de Nanny elles étaient capables de copier les patrons des plus récents modèles parus dans les magazines qui présentaient ce que portaient les dames de la haute société.

Mais depuis quelque temps la reproduction devenait plus difficile car, à en juger d'après les dessins, l'austérité de la mode pendant la guerre avait fait place à une débauche d'imagination, de fioritures, de détails luxueux. La paix revenue, les femmes semblaient avoir besoin de dix toilettes par jour, une pour chaque heure, et chacune était trop compliquée et trop savante pour être copiée sans difficultés.

Anthéa savait que les quatre robes qu'elle emportait étaient jolies et lui allaient à ravir mais, en même temps, elles étaient très simples et exécutées dans des tissus bon marché.

Bah! se dit-elle, il se peut que personne ne me remarque. Je ne dois pas me faire d'illusions.

En vérité, c'était la dernière chose qu'au fond d'elle-même elle souhaitait.

Il vaudrait mieux pour elle qu'elle passât inaperçue. Elle n'aimerait pas être critiquée. Bien sûr, il vaudrait mieux qu'elle pût être admirée par un célibataire, fût-ce un seul! pas trop antipathique. Qu'il eût de la fortune, et qu'il songeât à se marier...

Elle se demandait quel genre d'hommes sa marraine avait envisagé de lui présenter. La réponse à cette question devait lui être donnée le soir même de son arrivée.

Il était déjà tard dans l'après-midi quand la berline atteignit l'Hôtel de Sheldon, rue Curzon.

C'était une demeure imposante et pourtant, contrairement à ce qu'avait pensé Anthéa, elle n'était pas entourée d'un jardin privé.

Le portail ouvrait directement sur la rue, mais dès que la voyageuse pénétra dans le hall dallé de marbre où aboutissait un escalier sculpté, elle comprit que c'était une maison plus somptueuse qu'aucune de celles qu'elle avait vues jusqu'alors.

Le salon dans lequel on l'introduisit était d'un luxe qui dépassait ce qu'elle avait pu imaginer quand elle essayait de se représenter les lieux où vivait sa marraine.

Son regard faisait le tour de la pièce, notant les objets d'art exquis, d'or et d'émail, les porcelaines de Sèvres, les portraits des ancêtres du comte de Sheldon.

Un maître d'hôtel entra et l'invita à le suivre : Mme la comtesse se reposait dans son boudoir et elle demandait à la jeune fille de bien vouloir l'y rejoindre.

La timidité et l'anxiété avaient envahi Anthéa; elle en avait mal au creux de l'estomac et se sentait tendue. Cette sensation pénible n'était pas encore dissipée lorsqu'elle se trouva en présence de la comtesse.

Elle savait que sa marraine était plus jeune que Lady Forthingdale, mais de fort peu. Elle s'était donc attendue à se trouver en face d'une femme dans la force de l'âge, non pas vieille, certes, mais enfin plutôt mûre.

Dès le premier regard elle comprit qu'elle s'était lourdement trompée.

Etendue sur une chaise longue, dans un déshabillé transparent et léger qui laissait deviner beaucoup de ses charmes, Delphine Sheldon lui fit l'effet d'être à peine plus âgée qu'elle.

Jamais elle n'aurait imaginé qu'une femme puisse avoir si grande allure, ni faire preuve d'une élégance aussi étourdissante en tenue d'intérieur!

Tandis qu'elle s'approchait lentement, Anthéa ne pouvait s'empêcher de détailler cette silhouette, cette poitrine, ces courbes suaves qui, dans son esprit, ne pouvaient appartenir à aucune créature passé sa vingtième année.

— Anthéa, ma chère petite! lui disait la comtesse en lui tendant ses deux mains. Quelle joie de vous voir ici! J'espère que vous n'avez pas eu un voyage trop fatigant?

Après une révérence, Anthéa fit trois pas de plus pour prendre les mains tendues vers elle :

— C'est gentil à vous, marraine, d'avoir bien voulu m'accueillir!

— Mais cela me fait plaisir... réellement très plaisir! Votre mère a eu tort de ne pas me demander plus tôt ce service, j'avais oublié que vous étiez devenue une demoiselle! Il faut me pardonner de ne vous appeler auprès de moi qu'aujourd'hui.

Son regard vert examinait la jeune fille avec infiniment de sympathie mais, en même temps, Anthéa le sentit, détaillait sa silhouette et son aspect.

— Vous êtes charmante, pas tout à fait aussi jolie cependant que l'était votre mère au même âge, murmura la comtesse.

— Je ressemble plutôt à mon père. Mes sœurs Thaïs et Phébé, elles, sont la réplique de maman! Elles ont ses cheveux blonds et ses yeux bleus, répliqua Anthéa.

— A quinze ans, je pensais que votre mère était la femme la plus belle qui soit au monde.

Anthéa, elle, en pensait autant de la comtesse, aujourd'hui. Aucune femme, vraiment, ne possédait à la fois cette chevelure de feu, ces yeux verts en amande et cette bouche pleine aux courbes provocantes.

– Vous me donnerez des nouvelles de votre famille, mais plus tard, lorsque vous aurez pris un peu de repos et que vous vous serez changée pour le dîner. J'ai prévu une réception ce soir en votre honneur; je vous emmènerai ensuite au Almack, annonça la comtesse.

Anthéa sentit le souffle lui manquer :
– Ce... ce soir?
– Oui. Pourquoi pas? Plus tôt vous serez introduite dans la société et mieux cela vaudra. J'ai obtenu pour vous, de mon amie la princesse Esterhazy, qu'elle vous accueille et vous patronne. Je vous affirme, Anthéa, que c'est une faveur exceptionnelle pour une jeune fille, dès son arrivée à Londres, d'être présentée par la princesse Esterhazy elle-même aux membres du Almack! C'est un cercle très fermé.

– Je vous en suis très reconnaissante, marraine.

Elle perçut un petit reniflement chez la comtesse avant que celle-ci remarquât, avec une légèreté feinte :

– Il me semble, Anthéa, qu'il serait préférable que vous m'appeliez autrement. « Marraine », cela fait un peu... comment dire?... vieillot. « Tante » ne vaut guère mieux. Je ne sais pourquoi, je me sens vieille quand vous m'appelez ainsi.

Anthéa attendait la suite, sans répondre.

– Si vous m'appeliez « cousine »? Cousine Delphine. Une cousine n'a pas d'âge, vous comprenez?

– Oui, je comprends, bien sûr.

– Alors, je serai « cousine Delphine ». Ne l'oubliez pas, n'est-ce pas?

– Je n'oublierai pas.

– Votre mère et moi aurions pu aisément être

parentes. Nous étions très liées et nos deux propriétés étaient voisines quand nous étions enfants. Je crois que nous avons trouvé la meilleure solution à ce petit problème.

Tout en parlant, la comtesse avait agité la sonnette d'or qui était à portée de sa main, près de la chaise longue.

Presque immédiatement une femme de chambre entra.

– Maria, miss Forthingdale va séjourner ici quelque temps. Conduisez-la à sa chambre. Je pense que ses bagages sont déjà défaits.

– Oui, Milady.

– Eh bien, à tout à l'heure, Anthéa. Nous nous reverrons au salon, avant le dîner. Mettez votre plus jolie robe pour la circonstance car, sachez-le, il est très important que la première impression soit favorable.

Anthéa devait se souvenir de cette recommandation de sa marraine plus tard dans la soirée, lorsque, de toutes les jeunes filles qui se trouvaient au Almack, elle dut constater qu'elle était, sans aucun doute possible, la moins élégante.

Au dîner, elle n'avait pas eu à rougir car personne n'avait fait attention à elle. Mais au bal, sur la piste de danse, il lui devint évident que sa petite robe de mousseline blanche avec un seul volant de dentelle dans le bas était totalement incongrue pour la situation.

Les autres jeunes filles portaient des toilettes de mousseline, de satin, de lamé, de tulle, de fine batiste, de dentelle ou de crêpe de soie; le tout brodé d'or ou d'argent et orné de fins galons, rehaussé de ruchés, de fleurs ou encore de délicats motifs.

Chaque robe était une œuvre d'art. L'exécution des manches ballon avait dû demander autant de soins et de travail que celle des longues jupes.

Anthéa n'était pas loin de penser qu'elle donnait probablement l'impression d'une enfant en sortie exceptionnelle, par charité, d'une « Institution pour les orphelines pauvres ».

Elle se souvint de la réflexion de Chloé : Oui, j'ai l'air d'un petit canard évoluant parmi les cygnes, ce que je suis en vérité, et personne ne peut me prendre pour autre chose, songea-t-elle alors.

Au dîner, une vingtaine de convives étaient présents, hommes et femmes, les uns très élégants, les autres couvertes de bijoux. Visiblement, ils se connaissaient tous et avaient l'habitude de se retrouver souvent à la même table, soit chez l'un d'eux, soit chez sa marraine dont ils étaient apparemment des amis très proches.

La comtesse l'avait présentée à chacun comme une cousine venue passer à Londres la fin de la saison, mais sans se croire obligée de les nommer pour elle. Elle avait ignoré qui ils étaient toute la soirée.

Les hommes s'étaient inclinés, les femmes l'avaient gratifiée d'un léger signe de tête avant de reprendre la conversation que cette petite formalité avait interrompue.

Aussitôt assis, son voisin de table, un tout jeune homme qui avait de l'élégance et du charme, s'était tourné vers sa voisine de gauche sans plus s'occuper d'elle. La jeune femme l'appelait « chéri » d'un ton câlin, ce qui fit penser à Anthéa qu'ils devaient être très intimes.

De l'autre côté d'Anthéa était assis un homme rougeaud et jovial qui, penché de côté, par-dessus son assiette, n'arrêta pas de discuter de chevaux et de courses avec un autre invité, celui qui se trouvait à la gauche de la dame dont le jeune élégant était le « chéri ». De sorte qu'Anthéa était obligée de se renverser légèrement en arrière pour laisser ces deux messieurs échanger leurs propos sous son nez.

Anthéa était trop consciente de son insignifiance pour être mortifiée d'une telle attitude. Elle préféra prêter attention à ce qui se disait et dont l'objet, pour elle, était nouveau.

Apparemment, les deux hommes étaient propriétaires d'écuries de courses et rivaux pour la Coupe d'Or d'Ascot bien que, d'après ce qu'ils racontaient, ils ne fussent pas seuls à s'affronter dans cette compétition.

Comme ses voisins, tant de droite que de gauche, ne lui parlaient guère, Anthéa eut ainsi le loisir, pendant tout le repas, d'observer l'assemblée. Elle le fit avec beaucoup d'attention car elle désirait faire à ses sœurs un rapport, le plus complet et le plus fidèle possible, de ce qu'elle aurait vu et entendu, lorsqu'elle serait de retour chez elle.

Avant son départ, Chloé le lui avait recommandé : « N'oublie aucun détail, n'est-ce pas, Anthéa? Nous voulons tout savoir! Quels sont les gens que tu auras rencontrés, à quoi ils ressemblent, comment ils sont habillés, et bien sûr ce qu'ils ont dit devant toi. »

— Si je n'omets rien, avait protesté Anthéa, je vais devoir écrire un volume entier!

— Ecris ce que tu pourras et note le reste dans ta tête! avait consenti Thaïs.

— Bien. C'est entendu. Je le ferai.

Dès son voyage en diligence, elle avait enregistré dans sa mémoire de quoi faire rire ses sœurs lorsqu'elle imiterait pour elles les passagers de la guimbarde : le mutilé querelleur qui avait fait « suer », au propre et au figuré, tout le monde; la mère du bébé braillard qui avait fini par s'en débarrasser dans les bras d'Anthéa; la femme du fermier qui avait laissé échapper d'un panier une bonne douzaine de canetons...

Observant avec la même malice les convives de la comtesse, elle estimait qu'on pourrait aussi faire une description assez pittoresque de ce beau monde.

Elle avait déjà l'intention, dans ses lettres, d'en donner un petit aperçu à ses sœurs, en quelques scènes. Elle comptait bien écrire à sa famille le plus souvent possible.

Anthéa n'avait pas imaginé qu'il lui serait donné l'occasion de voir en une seule fois tant d'argenterie massive, tant de valets en livrée, tant de joyaux ornant tant de profonds décolletés...

Aux bals provinciaux auxquels elle avait parfois assisté, les dames ne portaient pas de robes transparentes et, si elles montraient leurs épaules, c'était avec modestie.

Or, la robe de dîner que portait sa marraine était à peine moins révélatrice que le déshabillé dans lequel elle l'avait reçue quelques heures plus tôt, et même plutôt davantage en ce qui concernait les seins. Les autres invitées en montraient tout autant, surtout lorsqu'elles se penchaient en avant pour répondre aux messieurs qui leur faisaient face.

Mais les hommes étonnaient plus encore Anthéa! Ils étaient tellement plus élégants, plus impressionnants que les notables qu'elle avait connus jusqu'ici! Il fallait avouer que leurs culottes aux genoux et leurs hautes cravates soigneusement nouées leur seyaient à merveille.

Elle devait reconnaître aussi que sa marraine « lui faisait grand honneur », comme eût dit son père.

Le Almack était, de tout Londres, le club le plus sévèrement protégé contre les intrusions « bourgeoises ». C'est ce qu'elle avait lu dans quelque magazine :

« Beaucoup d'artifices diplomatiques, de finesses et d'intrigues ont été tentés en vain pour obtenir une invitation au Almack. Les gens du commerce, quelle que soit leur fortune, doivent perdre tout espoir de poser jamais le pied dans ce sanctuaire bien gardé du monde aristocratique. »

En quittant l'Hôtel de Sheldon, après le dîner, Anthéa s'était dit qu'elle verrait au Almack toutes les personnalités de premier plan dans le monde et à la Cour.

Une véritable procession de landaus s'était formée pour emporter les invités sans qu'Anthéa eût le loisir d'en voir un de près. Elle s'était trouvée elle-même assise à côté de sa marraine dans un attelage qui lui avait paru l'un des plus somptueux, sinon le plus impressionnant.

Les deux chevaux étaient eux-mêmes d'une telle beauté qu'il était peu probable qu'on pût trouver mieux.

Ce ne fut qu'en chemin qu'Anthéa comprit que ni la calèche ni les chevaux n'appartenaient à sa marraine : ils étaient la propriété du gentilhomme qui les raccompagnait, la comtesse et elle.

Celui-ci remarqua soudain :

— Il y a fort longtemps que je ne suis allé au Almack! Et je nourrissais l'espoir de ne plus jamais avoir à supporter l'odieuse suffisance et l'autorité péremptoire des dames qui le dirigent!

La comtesse parut chagrinée :

— Allons, Garth, ne me créez pas de complications... Vous savez que c'est pour Anthéa que j'y vais! Il faut qu'elle soit introduite dans le monde et si nous n'assistons pas au bal de ce soir, il nous faudra attendre une semaine la prochaine occasion.

Elle se tourna vers sa filleule :

— Votre avenir peut dépendre de l'impression que vous ferez, ma chère, sur Lady Castlereagh, Lady Jersey, Lady Cowper, la princesse de Lleven et, naturellement, ma meilleure amie, la princesse Esterhazy.

Un peu nerveuse, Anthéa murmura :

— J'espère réussir à leur plaire.

— Comme vient de le dire le duc, elles sont très péremptoires et très exclusives.

Anthéa eut un frémissement.

Elle n'avait pas compris encore que le monsieur qui lui faisait face était un duc et elle imagina l'effet foudroyant que cela produirait sur ses sœurs quand elles l'apprendraient.

Elle se mit à l'observer à la dérobée, à la lueur des quinquets de la rue dont la lumière éclairait l'intérieur du véhicule par intermittences, tandis que le landau montait rapidement la rue Berkeley.

De cet examen, elle conclut que c'était le plus bel homme qu'elle eût jamais vu et, pourtant, quelque chose en lui le lui rendait violemment antipathique.

Sa marraine l'avait présentée à tant de messieurs ce soir-là, que la jeune fille n'avait pas remarqué spécialement le duc. Elle se rendait compte, en cet instant, que sa distinction, son allure, l'importance qui se dégageait de toute sa personne auraient pourtant dû la frapper.

Il a réellement l'air d'un duc, se dit-elle.

Avant qu'elle ne quitte leur petite maison, Chloé lui avait suggéré :

— Peut-être rencontreras-tu le duc de Wellington? Si cela t'arrive, demande-lui s'il se souvient de papa.

Et elle avait répondu :

— Je ne rencontrerai certainement pas quelqu'un qui soit même deux fois moins important que le duc de Wellington! Et si cela m'arrivait, je serais bien trop impressionnée pour oser lui poser pareille question.

Maintenant, dans ce landau, elle songeait que ce gentilhomme n'était évidemment pas le duc de Wellington mais qu'il était sans aucun doute de plus ancienne et plus authentique noblesse, ce qui expliquait son air hautain et cette fierté arrogante qui était sensible même lorsqu'il se taisait.

– Combien de temps devrons-nous rester? demandait-il d'un air excédé.

– Le moins longtemps possible, si vous y tenez, Garth, mais il faut tout de même rester courtois... J'espère que vous me ferez danser! J'étrenne une nouvelle toilette pour la circonstance, et je voudrais qu'on la remarque; j'espère que cela ne se passera pas comme la dernière fois : le bal était surpeuplé et personne ne pouvait voir personne... Les gens qui invitent tout le monde et n'importe qui sont odieux! Le Almack a peut-être des défauts mais on ne risque pas d'y côtoyer une foule de gens trop nombreuse.

Comme le duc ne répondait rien, elle reprit :

– Ne me trahissez pas, cette nuit, et pensez à ce que nous devons à Anthéa.

Anthéa tourna vivement la tête pour regarder sa marraine avec des yeux ronds.

Elle ne comprenait pas et elle était sur le point de poser franchement la question lorsqu'elle vit la comtesse lever la main et la placer sur l'épaule du duc. Cette main, il la prit pour la porter à ses lèvres en demandant d'une voix tendre :

– Vous ai-je jamais trahie?

– Non, jamais, reconnut-elle.

Anthéa s'aperçut qu'ils avaient totalement oublié sa présence en cet instant et elle se tut, dévorée de curiosité...

Le Almack était exactement comme elle l'avait espéré.

Oui, elle avait exactement imaginé la grande salle de bal éclairée par des lustres de cristal, les larges fenêtres drapées de rideaux de velours épais, les miroirs dans leur cadre de bois sculpté et doré, l'orchestre, installé sur un balcon dominant une partie de la salle au-dessus des danseurs. Elle retrouvait le décor de ses rêves éveillés.

Il y avait aussi les « duègnes » et les jeunes filles dont elles avaient la charge, assises sur des chaises adossées aux murs, ainsi que les « hôtesses » présentant aux demoiselles les danseurs choisis pour elles. Aussitôt la danse terminée, chacun raccompagnait respectueusement sa cavalière à sa chaise, la rendant à la garde vigilante de son chaperon.

La princesse Esterhazy accueillit Anthéa avec beaucoup de gentillesse puis, lui ayant trouvé deux cavaliers et les lui ayant présentés, elle l'abandonna, estimant avoir fait tout son devoir envers la « cousine » de son amie.

Après avoir dansé avec un jeune homme insignifiant et taciturne que, visiblement, elle n'intéressait guère, Anthéa se retrouva bientôt assise à côté de sa marraine en grande conversation avec le duc.

Pour passer le temps, elle contempla les danseurs. Si quelques-uns d'entre eux avaient de la grâce et suivaient parfaitement le rythme en paraissant y trouver plaisir, la plupart étaient maladroits, sinon ridicules dans leurs évolutions.

Comme, en fin de compte, le spectacle l'amusait, elle sursauta au son d'une voix qui, apparemment, l'interpellait :

– Qui êtes-vous ? Il me semble ne vous avoir encore jamais vue ici.

Elle se retourna vers celui qui parlait. C'était un homme déjà âgé, au visage marqué, mais dont les yeux noirs brillaient de malice tandis qu'un sourire assez narquois tordait sa bouche mince.

– Effectivement, c'est la première fois que je viens.

– Comment cela se fait-il ?

— Je suis arrivée à Londres aujourd'hui même.

Le vieux monsieur s'appuyait, d'une de ses mains veinées de bleu, sur une canne au pommeau d'ivoire.

L'une de ses jambes était étendue devant lui et Anthéa en conclut qu'il boitait.

Il était néanmoins vêtu avec beaucoup d'élégance, quoique la coupe de son habit fût un peu désuète et que l'un de ses doigts fût orné d'une chevalière avec un diamant énorme, ce qui « ne se faisait plus ».

Anthéa avait lu quelque part que Beau Brummell, lorsqu'il était l'arbitre des élégances, avait déclaré que les bijoux étaient de mauvais goût pour un homme, et que d'ailleurs aucun des « dandies » ou des « bucks » de l'entourage du Régent ne portait de bagues.

— Je suppose donc, reprit ce personnage, que vous vous félicitez grandement d'avoir enfin pénétré dans le saint des saints?

— J'estime, en effet, que c'est heureux pour moi.

— Je ne vois pas très bien ce que cela peut vous apporter, jeune fille! A moins que vous ne considériez votre présence ici comme une référence à votre noble naissance. C'est le critère unique qui guide le choix des dames qui dirigent le Almack... Le talent, le savoir leur paraissent sans valeur comparés à la couleur du sang. Avoir du sang bleu dans les veines, voilà le mérite suprême à leurs yeux!

Anthéa se mit à rire :

— Et c'est parfait pour moi!

— Cela signifierait-il, mon enfant, que vous ne vous reconnaissez ni talent ni savoir?

— Assurément! avoua-t-elle, pensant à la conversation qu'elle avait eue avec ses sœurs à ce sujet.

— Eh bien, c'est tout à votre honneur. Beaucoup trop de femmes aujourd'hui cherchent à acquérir une célébrité que leurs dons justifient rarement. Pour ma part, tout ce que je demande à une femme, c'est d'être pleinement une femme, avec toutes les vertus et les charmes que cela comporte. C'est ainsi que je les aime.

Tandis qu'il regardait Anthéa, ses yeux pétillaient et, parce que ce vieux monsieur lui était sympathique, elle osa l'interroger, persuadée qu'il ne la rabrouerait pas :

– Cela vous semblerait-il impertinent, monsieur, si j'osais vous demander...

– Quoi donc?... Allons, osez!

– ... de m'apprendre les noms de quelques-unes des personnes qui sont ici? Cela me permettrait de les citer à mes sœurs, dans ma prochaine lettre, ou de les leur dire quand je retournerai à la maison.

Il eut un petit rire :

– Eh bien, si vous ouvrez vos oreilles le temps que vous serez à Londres vous aurez, croyez-moi, nombre de choses piquantes à rapporter à vos sœurs!... Comment vous appelle-t-on, jeune fille?

– Anthéa Forthingdale, monsieur.

– Moi, je suis le marquis de Chale.

Anthéa laissa échapper une exclamation :

– Il me semble avoir entendu parler de vous!

– Et pas à mon avantage, j'en jurerais! Si vous voulez vraiment savoir qui sont les créatures que vous voyez en ce moment... en voici une qui vous amusera. Là-bas...

Il pointait son index en direction d'un homme à large carrure qui dansait avec une toute petite bonne femme plutôt jolie, à la coiffure ornée d'une aigrette; son cavalier la faisait tourner avec une énergie véritablement excessive :

– Voici Alvanley. C'est un garçon vigoureux qui n'a que deux passions dans la vie.

– Lesquelles?

– Le jeu... et la tarte aux abricots!

Anthéa fixa son interlocuteur. Plaisantait-il?

– C'est la vérité, je vous l'affirme! Il a découvert un jour la tarte aux abricots et il a trouvé ce dessert si délectable qu'il a donné l'ordre à son chef de lui en confectionner une chaque jour afin qu'il en ait constamment à sa disposition sur la desserte. Sa passion a duré toute une année!

— C'est extraordinaire, une passion pour la tarte aux abricots!

— N'est-ce pas?... Remarquez que c'est un excellent garçon, très aimé dans son milieu... mais une catastrophe pour ses hôtes quand il est invité à séjourner quelque part.

— Je ne comprends pas...

— Ils sont obligés de mettre un valet à sa porte pour veiller sur lui toute la nuit.

— Il est malade, la nuit?

— Non, non! Mais il lit très tard dans son lit et, pour éteindre sa chandelle, quand le sommeil le prend, il ne veut pas faire un effort qui risquerait de le réveiller, alors il pose le chandelier par terre et il met un oreiller par-dessus. Ou encore il glisse le chandelier sous son lit.

— Est-ce possible! s'exclama Anthéa.

— C'est la stricte vérité! Si vous voulez connaître cette société, tant vaut que vous appreniez ses excentricités.

— Oh! racontez-moi encore autre chose, supplia Anthéa.

— Eh bien, vous voyez ce garçon?

De sa canne le marquis montrait un bel homme brun qui faisait danser une jeune fille charmante, un peu rondelette.

— C'est le colonel Dan Mac Kinnon, un excellent cavalier. Mais surtout célèbre pour ses plaisanteries.

— Quel genre de plaisanteries?

— Je vous en citerai une. Etant en Espagne, il se fit passer, avec la complicité de ses camarades de régiment, pour le duc d'York. Et il réussit à tenir ce rôle pendant plusieurs heures!

— Et à la fin, qu'est-il arrivé ?

— On donna un banquet en son honneur, dans la petite ville où il se trouvait. Le maire, très fier de recevoir une telle personnalité, fit apporter une énorme marmite de punch. C'est alors que, jugeant sans doute que la mystification avait assez duré, Kinnon prit son élan et sauta à pieds joints dans le punch !...

Anthéa pouffait :

— Vous avez beaucoup d'histoires comme celles-là ? D'après vous, les gens de la haute société sont-ils tous des clowns ?

— Evidemment, ce sont des clowns ! Si vous passiez la majeure partie de votre temps à les observer comme je le fais, vous n'en douteriez plus. Je vais vous en dire une autre de Mac Kinnon... Il est très aimé des personnes de votre sexe. Les femmes lui courent toutes après et sont folles de lui, mais il se fatigue d'elles assez vite : à vrai dire, elles l'ennuient ! Et quand il rompt une liaison, la malheureuse abandonnée pleure toutes les larmes de son corps.

— C'est assez compréhensible... estima Anthéa.

Elle pensait, en effet, que le colonel Mac Kinnon, avec son regard noir et son corps d'athlète, était fort attirant.

— L'une de ces dames lui écrivit une lettre pleine de reproches. Elle menaçait de se suicider et lui demandait de lui renvoyer une mèche de ses cheveux qu'elle lui avait donnée naguère.

— Et il refusa de la lui rendre ?

— Loin de là ! Il lui envoya son ordonnance porteur d'un large carton qui contenait tout un lot de boucles de cheveux féminins, des blonds, des bruns, des roux, des gris, avec un mot de sa main : « Chère amie, vous trouverez là-dedans ce qui est à vous. »

— Oh ! le méchant, le cruel ! s'indigna Anthéa.

Le marquis, ravi du succès que remportaient auprès d'elle ses piquantes anecdotes, continua sur le même ton, daubant sur chacun sans se fatiguer du plaisir qu'il procurait à peu de frais à la jeune fille.

Elle apprit ainsi que la duchesse d'York avait pour les chiens une passion qui touchait au ridicule.

A une époque, elle en avait eu près d'une centaine; nombre d'entre eux étaient effroyablement sales et souillaient tout son appartement.

Il lui parla aussi d'un certain Akers – dont Anthéa ne sut jamais s'il avait ou non un titre de noblesse – et dont la passion était de conduire quatre chevaux d'une main. Il avait eu les dents de devant cassées au cours d'un de ces exercices, et il n'en avait pas moins offert cinquante guinées à « Dick Feu d'Enfer », le célèbre cocher du télégraphe de Cambridge, pour que celui-ci lui apprenne à conduire dans son inimitable style.

La conversation du marquis passionnait Anthéa au point qu'elle ne s'était pas aperçue que sa marraine, assise tout près d'elle, avait quitté sa chaise pour danser avec le duc d'Axminster.

Comme le couple passait devant eux, le marquis eut un petit ricanement :

– Et voici la comtesse de Sheldon... une femme diaboliquement séduisante, mais au contact de qui l'on risque fort de se brûler les ailes. Je crois que Sheldon a bien du mal à la tenir en bride pour qu'elle ne saute pas les barrières de la bienséance!

Comme Anthéa n'était pas très sûre de comprendre ce que le marquis entendait par là, elle préféra se taire et le vieux bavard poursuivit :

– J'ai l'impression que, pour le moment, elle ne se tire pas mal du combat qu'elle soutient contre Axminster. Celui-là encore traîne d'innombrables cœurs après lui...

— Je lui trouve un air bien orgueilleux, à ce monsieur, hasarda Anthéa.

Le marquis émit un léger sifflement :

— Oh! mais c'est qu'il a le droit de l'être!... Grande famille d'ancienne noblesse, fortune colossale. Elles ont toutes essayé de l'avoir, mais aucune n'a réussi à le garder. Quant à l'amener au pied de l'autel, ça... ça, ce n'est pas pour demain!

— Vous voulez dire que... que beaucoup de jeunes filles le voudraient pour mari?

— Oh! oui... Mais figurez-vous qu'il les préfère déjà mariées et extrêmement raffinées en tous les domaines. Et qui pourrait l'en blâmer? C'est tellement plus sûr et plus confortable... à moins qu'un mari, un jour, ne soit pris de folie homicide.

Anthéa suivait des yeux le couple que formaient le duc et sa marraine. Son intérêt pour eux en fut renouvelé.

Il lui semblait que le marquis avait suggéré assez nettement qu'ils étaient amoureux l'un de l'autre.

Mais elle se rappela que toutes les dames mariées que connaissait et fréquentait sa mère avaient une conduite irréprochable. Si les gens tenaient des propos malveillants au sujet de sa marraine, ce n'était certainement que par malice et méchanceté. La comtesse était si belle et si élégante que les autres femmes en étaient probablement jalouses... Il était impossible que sa mère eût confié Anthéa à une femme à la moralité un tant soit peu douteuse. Il ne pouvait s'agir que de calomnies!

Elle se demandait s'il lui fallait apprendre au marquis qu'elle était la « parente » et l'invitée de celle qu'il venait de décrire comme une personne « diaboliquement séduisante »... lorsque le couple s'arrêta de danser pour s'approcher d'elle.

— Ma chère petite, lui dit Lady Sheldon, j'ai manqué à tous mes devoirs en ne me souciant pas assez de vous trouver des danseurs. Le duc serait ravi si vous acceptiez de terminer cette valse avec lui.

– Oh! non... balbutia Anthéa dans un souffle.

Mais la comtesse s'écartait déjà après l'avoir poussée doucement vers le duc qui l'enlaça en l'entraînant sur la piste.

Par bonheur, Anthéa était sûre d'une chose : elle ne serait pas un fardeau maladroit car elle avait appris à valser avec ses sœurs et, dans les bals locaux, on l'invitait toujours avec le plus vif empressement.

Cependant il ne lui était encore jamais arrivé de valser avec un homme si prestigieux. Tout en dansant, elle le regardait l'air de rien; il ne manifestait ni agacement ni lassitude à faire ainsi évoluer une jeune campagnarde qui suivait le rythme de ses pas, quoique peut-être avec quelque lourdeur et sans beaucoup de grâce.

Consternée, Anthéa constata que le duc, en effet, semblait non point las ou agacé, mais terriblement ennuyé.

Elle ne pouvait se méprendre sur son expression : il n'avait pas le moins du monde désiré danser avec la jeune fille. Il obéissait simplement à la comtesse qui avait dû le lui demander avec la plus grande insistance.

Comme sa mère lui avait appris que le silence est chose impolie et que l'on doit en toute occasion savoir alimenter la conversation entre gens bien élevés, Anthéa s'obligea à dire quelques mots, n'importe quoi :

– Le marquis de Chale était en train de me raconter des anecdotes fort amusantes sur les gens qui sont ici, commença-t-elle.

Froidement, le duc répliqua :

– Ne croyez pas la moitié de ce que radote cet homme. Le marquis est considéré dans notre société comme une véritable commère! Même les Blancs le redoutent bien qu'il soit un des leurs.

Les Blancs étaient, Anthéa ne l'ignorait pas, l'un des clubs sélects de Londres. Les hommes les plus importants y étaient inscrits. Elle se souvenait d'avoir entendu raconter que les « dandies », ces jeunes arbitres de l'élégance mondaine qui formaient la « jeune garde » des Blancs, se réunissaient derrière l'une des fenêtres en forme de loge dont s'ornait la façade du club, pour regarder les femmes qui passaient dans la rue en échangeant sur elles maints propos fort lestes.

Elle aurait aimé interroger le duc sur ce fameux club mais, à la façon dont il avait parlé du marquis, elle comprit qu'il était préférable de ne pas insister au risque de lui déplaire.

D'ailleurs, sa certitude augmentait : non seulement il était contrarié d'avoir dû danser avec elle mais, de plus, il n'avait pas la moindre envie de converser avec un être aussi insignifiant. Le mieux pour Anthéa était donc de se taire, en dépit des conseils de sa mère.

Ce fut avec une sorte de soulagement qu'elle entendit l'orchestre jouer les derniers accords de la valse. Les danseurs s'arrêtaient.

Le duc la ramena à la comtesse, presque au pas de charge, ce qui était, en soi, une insulte. Quelle différence avec la façon dont il avait, un instant plus tôt, raccompagné sa marraine! Tendrement, lentement, comme pour retarder l'instant où ils se sépareraient...

– J'espère, Anthéa, lui disait celle-ci, que cette valse vous a fait plaisir! Savez-vous qu'il n'est pas donné à n'importe quelle débutante d'avoir le privilège de danser avec un duc la première fois qu'elle est reçue au Almack?

Elle regardait le duc en parlant et un éclair de

malice fit briller ses yeux tandis qu'elle ajoutait avec un sourire engageant, trop engageant :

— Je suis sûre que vous mourez d'envie, Garth, de participer au quadrille avec Anthéa!

— Il est temps que je rentre, je regrette. Je n'aime pas laisser trop longtemps mes chevaux dehors la nuit.

Il avait répondu cela sèchement et en lançant à la comtesse un coup d'œil presque mauvais.

Le silence qui suivit était lourd de rancune pour l'un et de défi pour l'autre. Ce fut la comtesse qui capitula :

— Bien! Il est tard, en effet, Garth, et pour Anthéa la journée a été longue. Je pense qu'elle a vu tout ce qui l'intéressait au Almack.

Ils allèrent saluer la princesse Esterhazy et Anthéa remercia Son Altesse d'avoir bien voulu l'introduire dans ce cercle distingué et si fermé.

— Mais ce fut pour moi un plaisir, miss Forthingdale. Et si cela vous agrée, vous pouvez demander à votre cousine de vous amener chaque semaine. A la semaine prochaine?

— J'essaierai, madame.

Le départ de la comtesse donna lieu à un assaut de politesses, et beaucoup d'hommes tinrent à baiser la main de cette femme exquise, avant qu'enfin ils pussent repasser le seuil et s'asseoir dans la voiture du duc.

Tandis qu'ils reprenaient le chemin de la rue Curzon, le duc et Delphine restèrent silencieux.

Devant l'Hôtel de Sheldon, elle lui tendit sa main à baiser :

— Je remercie Votre Grâce pour sa gentillesse, tant envers moi qu'envers ma protégée. Nous vous en sommes toutes deux fort reconnaissantes.

Anthéa fit une petite révérence et elles entrèrent tandis que le maître d'hôtel, qui leur avait ouvert, restait sur le seuil jusqu'à ce que l'attelage du duc eût disparu.

– Nous montons directement nous coucher, Dawson, lui dit la comtesse comme il bloquait le vantail. Et puisque M. le comte n'est pas là, il est inutile de laisser un valet de pied veiller dans le hall. Allez tous vous coucher.

– Merci, madame la comtesse. James vous aura beaucoup de gratitude de cette permission.

La comtesse lui sourit et commença de gravir l'escalier :

– Venez, Anthéa. Il vous faut faire votre toilette de nuit et j'ai beaucoup de choses agréables à vous proposer demain.

– Comme vous êtes gentille! Je ne saurais vous dire combien je vous suis reconnaissante pour cette soirée au Almack! C'était fantastique, pour moi, d'y assister!

– Et moi, je m'aperçois que c'est merveilleux de vous avoir auprès de moi!

Elles atteignaient le palier et Delphine avança sa joue vers Anthéa, l'invitant par ce mouvement à y poser un baiser.

– Dormez bien, chère petite. Demain matin, ne vous précipitez pas, je ne déjeune jamais avant dix heures.

Tout en parlant, la comtesse avait ouvert la porte de sa chambre et Anthéa vit que Maria, sa femme de chambre, l'y attendait.

Emma avait dû attendre avec impatience leur retour car Anthéa n'eut pas plus tôt pénétré chez elle qu'elle accourut :

– Vous avez passé une bonne soirée, miss?

– Une soirée charmante, Emma. Le Almack est exactement ce que j'avais imaginé.

– Au dîner, ces dames avaient de bien jolies toilettes! Nous étions tous penchés sur la rampe de l'escalier, pour les voir partir. Que de bijoux!... Il y en avait pour des fortunes!

– Je crois, en effet...

Anthéa ne prit que peu de temps pour faire sa toilette et brosser ses cheveux. Et Emma ne l'eut pas plus tôt quittée qu'elle se glissa dans son lit.

Elle espérait qu'aussitôt la tête sur l'oreiller elle allait s'endormir, mais trop de sensations neuves occupaient son esprit. Elle revivait tous les événements de cette soirée mémorable, elle revoyait les gens à qui elle avait été présentée, entendait à nouveau ce que le marquis lui avait dit... Et elle se recommandait à elle-même : N'oublie rien, surtout! Il faut que tu notes tout cela pour tes sœurs...

Une heure après s'être mise au lit elle ne dormait toujours pas. Alors elle se leva, alluma la chandelle à son chevet et se mit en quête d'une feuille de papier :

Les noms, je dois écrire tous les noms. « Alvanley », y a-t-il deux a ou deux e? pensait-elle.

Sa chambre était trop petite pour contenir un bureau et, malheureusement, son départ s'était passé si vite qu'elle avait oublié de prendre du papier à lettres, ou même un cahier.

Elle avait pensé à sa boîte de peinture et avait apporté plusieurs crayons de couleur mais, sans papier, ils ne pouvaient lui servir à rien.

Elle se souvint que, lorsqu'elle avait été introduite dans le boudoir de sa marraine, on l'avait tout d'abord fait attendre dans un salon, au rez-de-chaussée. Et, dans ce salon, elle revoyait nettement, entre deux fenêtres, un secrétaire Louis XIV qui l'avait frappée par son style, précisément.

Il était ouvert et elle avait remarqué un bel encrier d'argent aux armes des Sheldon et un plateau assorti qui contenait quelques feuilles du fin vélin sur lequel la comtesse avait écrit à Lady Forthingdale.

Je n'ai qu'à descendre en prendre une feuille, conclut-elle.

Ayant jeté un châle sur sa chemise de nuit, elle pensa qu'elle ferait moins de bruit pieds nus et renonça à enfiler les mules qu'Emma avait posées sur le tapis, à côté de la chaise. Puis, très doucement, elle ouvrit sa porte.

La maison était silencieuse. Il n'y avait que quelques chandeliers allumés dans le hall et au tournant de l'escalier. Ils donnaient assez de clarté pour qu'Anthéa pût gagner sans encombre le salon. En laissant la porte ouverte, elle verrait suffisamment clair pour atteindre le secrétaire.

Ainsi qu'elle l'avait espéré, il était resté ouvert et dans le plateau se trouvaient plusieurs feuilles de papier : elle en prit quelques-unes.

Etant donné qu'elle serait certainement réveillée le lendemain matin bien avant son hôtesse, elle aurait largement le temps d'écrire à ses sœurs. Elle voulait leur raconter tout ce qu'elle avait vu et entendu en ce jour mémorable, ensuite elle n'aurait qu'à attendre le petit déjeuner.

La jeune fille ressortait du salon lorsqu'elle entendit un bruit à la porte d'entrée.

Elle s'immobilisa pour écouter, pensant s'être trompée. Mais le bruit persista, comme si quelqu'un cherchait à introduire une clef dans la serrure.

Imaginant qu'il pouvait s'agir de cambrioleurs, elle resta quelques secondes indécise, le cœur battant. Fallait-il alerter quelqu'un en criant ou courir sans bruit à l'étage des domestiques, demander de l'aide ?

Il lui semblait que les chambres de service étaient au sous-sol mais elle n'en était pas certaine.

Elle n'avait vu que le rez-de-chaussée et le premier étage et elle ignorait où logeaient les domestiques. Etaient-ils tout en haut ou tout en bas de la maison ?

La porte s'ouvrit soudain. Un homme pénétrait dans le hall.

Il se retourna pour refermer derrière lui et tandis qu'Anthéa, paralysée par la peur, restait immobile sans pouvoir faire un geste ou émettre le moindre son, il se dirigea vers l'escalier.

C'est alors qu'éberluée elle reconnut le duc!

En même temps qu'elle le reconnaissait, il distingua sa forme blanche, debout dans l'embrasure de la porte du salon, tournée vers lui.

– Que faites-vous là? lança-t-il sèchement.

– Je... je croyais que... que c'était un cambrioleur. J'étais prête à appeler à l'aide.

Il y eut quelques secondes de silence, après lesquelles le duc assura calmement :

– Eh bien, ce n'est que moi. Je me suis souvenu que... j'avais oublié de... faire part à la comtesse de quelque chose d'important.

Anthéa marcha vers lui :

– Cousine Delphine s'est... retirée dans ses appartements. Elle dort sans doute! Peut-être pourrais-je lui transmettre votre message? Dès son réveil?

Le duc restait figé, un pied sur la première marche.

Dans la faible et mouvante clarté des chandelles il paraissait encore plus grand et plus imposant qu'au grand jour.

– Je... dois lui communiquer moi-même ce que j'ai à lui dire.

– Mais... vous allez la trouver... couchée!

A nouveau, il ne répliqua pas tout de suite. Quand il le fit, ce fut avec une note d'amusement dans la voix :

– Ma chère enfant, allez vous-même vous mettre au lit et ne vous mêlez pas de mes affaires, conclut-il.

Après quoi, sans attendre une autre réponse, il monta d'un pas rapide. Arrivé au premier étage, il prit la direction de la chambre de la comtesse et disparut à la vue d'Anthéa.

La jeune fille n'avait pas bougé.

Soudain, comprenant après coup les quelques mots qu'il avait dits, Anthéa sentit le rouge lui monter aux joues...

3

Anthéa était tout à la fois choquée et confuse.
Bien qu'elle ait lu les poésies dont se délectait sa mère, où il n'était question que d'amour, et d'amour physique bien souvent, elle n'avait jamais évoqué les images concrètes que cela appelait.

Que le duc fût l'amant de sa marraine, comme elle en avait à présent la certitude, lui paraissait d'une totale indécence, un outrage aux conventions et aux mœurs.

Elle n'avait pas davantage réalisé que les adultes, et moins encore les femmes de l'âge de sa mère, pouvaient avoir ce genre de relations libertines, qui rappelaient l'amoralité des rois de France ou de Charles II.

Ces derniers étaient pour elle des personnages quasi mythiques n'ayant rien de commun avec l'humanité moyenne qu'ils gouvernaient pourtant.

La révélation des relations clandestines de sa marraine avec le duc d'Axminster éclatait comme une bombe dans la tête d'Anthéa...

Elle se sentait terriblement ignorante des choses de la vie; sa candeur était sans doute aussi absurde que ridicule.

Le feu qui était monté à ses joues lorsque le duc lui avait conseillé de ne point se mêler de ses affaires lui brûla le visage la nuit entière tandis qu'elle réfléchissait sans parvenir à trouver le sommeil.

Si le choix lui en avait été laissé, elle serait repartie le lendemain même pour le Yorkshire afin de se retrouver dans l'atmosphère familière et rassurante où elle avait vécu jusque-là, et où elle comprenait sans effort les choses et les gens.

Elle se demanda anxieusement si le duc avait informé la comtesse de l'incident...

A neuf heures et demie, une demi-heure avant le moment où, d'ordinaire, Delphine Sheldon sortait de son lit, Anthéa fut certaine qu'il l'avait fait car on vint lui dire que Mme la comtesse désirait la voir.

En parcourant le long couloir qui menait à la chambre, Anthéa cherchait ce qu'elle allait pouvoir dire, quelle explication elle allait donner pour excuser son intervention malencontreuse, mais elle se rendait compte qu'adopter une mine contrite, désolée et nigaude ne suffirait à justifier ni son indiscrétion ni sa maladresse.

La comtesse, plus éblouissante que jamais, était adossée à un monceau d'oreillers de dentelle; ses longs cheveux de cuivre recouvraient ses épaules, ses yeux paraissaient d'un vert plus lumineux encore dans la lumière du matin.

Anthéa restait sur le seuil, pleine d'appréhension. Elle ne fut pas peu surprise de voir que sa marraine lui souriait gentiment et lui annonçait :

– Bonjour, Anthéa. J'ai pensé que nous pourrions aller faire un tour au parc en voiture, ce matin, ensuite nous irions dans les magasins à Bond Street. Si quelque chose vous tente, je vous l'offrirai comme cadeau de bienvenue. Cela vous convient-il?

Entendant cela, Anthéa eut le sentiment que sa marraine cherchait à l'acheter...

Sa dignité fut choquée ainsi que son sens de

l'honneur. Sa marraine s'imaginait-elle qu'elle risquait de lui faire du chantage et qu'il convenait de s'assurer sa discrétion en la couvrant de cadeaux?

Elle allait répliquer qu'elle n'avait ni le besoin ni l'envie de faire les magasins lorsque Delphine poussa un cri aigu qui ressemblait à un cri de douleur :

– Ah, Anthéa!... C'est là votre plus belle robe pour le matin? J'avais déjà remarqué celle que vous portiez la nuit dernière... Que je suis donc égoïste et sotte! C'est impardonnable de ma part de n'avoir pas songé à ces détails!

– Mais... quels détails? De quoi parlez-vous?

– Vous avez fatalement besoin de toilettes pour séjourner à Londres. Vous vivez dans le Yorkshire et, je ne l'ignore pas, vos parents n'étaient pas riches... C'est vraiment terrible d'être aussi négligente et aussi insouciante! Je ne pense à rien!

Sans attendre la réponse d'Anthéa elle s'était emparée de la sonnette et l'agitait frénétiquement.

Maria accourut, et la comtesse lui fit des reproches véhéments :

– Vous auriez dû me prévenir, Maria! Miss Forthingdale a besoin d'une garde-robe! Nous savions qu'elle arrivait de la campagne. Je suis terriblement vexée qu'elle n'ait pas trouvé ici quelques toilettes à son goût.

Oubliant son refus, Anthéa bégayait :

– Mais non... je ne voudrais pas... être un sujet d'ennui pour vous... ma cousine, ni pour cette pauvre Maria...

Mais Delphine ordonnait déjà à sa femme de chambre de sortir des penderies tout ce qu'elle ne mettait plus et qui pouvait rapidement être retouché.

Puis, s'adressant à sa filleule :

– Evidemment, nous achèterons des robes neuves, mais cela demandera plus de temps. Dans l'immédiat, il faut voir ce qui est mettable pour vous dans ce que j'ai là. Vous pourrez, j'en suis sûre, être très élégante et à la mode quand ces quelques toilettes, que je n'ai portées qu'une ou deux fois et que de toute façon je ne remettrai plus, seront remises à votre taille.

Anthéa ne crut pas un mot de cette affirmation lorsque moins d'une heure plus tard on lui présenta par douzaines des toilettes si exquises et si ravissantes qu'elle ne parvenait pas à comprendre comment la comtesse avait le cœur de s'en séparer. Delphine trouvait toujours quelque excellente raison pour ne plus vouloir les remettre.

Ainsi, lorsque Maria étala une robe de rêve, en gaze scintillante, elle s'exclama :

– Elle est jolie, certes! mais je ne peux la porter. Je l'avais au bal de la duchesse de Bedford, elle a fait envie à tout le monde! Il m'est impossible de la remettre.

Devant un ensemble robe et manteau, de satin crème garni de feuillage de velours vert, elle soupira :

– Oui, je l'aime, mais je l'ai porté deux fois déjà. A l'Hôtel Carlton, chez le Prince Régent qui m'en a fait compliment. Il ne supporterait pas de le voir sur moi une troisième fois!

Il y avait des toilettes pour toutes les occasions : le bal, l'après-midi, le matin, le voyage, ainsi que les chapeaux assortis, de forme bonnet ou cabriolet, ornés de plumes, de fleurs ou de rubans.

Les accessoires ne manquaient pas : gants, sacs et chaussures, ces dernières d'une demi-pointure plus grandes que ce qu'il eût fallu pour Anthéa, mais elle pouvait néanmoins les porter sans être gênée. La jeune fille renonçait à compter le nombre de choses que Maria transportait de la garde-robe à sa chambre! Il semblait que les réserves ne finiraient pas : c'était affolant.

Elle remarqua que le choix des teintes avait dû faire l'objet d'une grande attention de la part de la comtesse : les verts étaient de la couleur de ses yeux, les jaunes, jonquille ou or, pour s'assortir à ses cheveux, et les bleus d'une nuance qui donnait de l'éclat à la délicatesse de sa carnation.

Des robes blanches, tout indiquées pour une débutante, avaient été déposées sans examen préalable sur le lit d'Anthéa : la comtesse avait décidé de ne plus porter de blanc.

La jeune fille était trop bouleversée pour se rendre compte que la plupart de ces toilettes étaient trop élaborées et trop luxueuses pour convenir à quelqu'un de son âge.

Mais lorsqu'elle le remarqua, par la suite, elle pensa qu'en fin de compte il valait mieux qu'elle fût vêtue richement, même avec excès, plutôt que misérablement; son expérience avec la robe de mousseline qu'elle s'était confectionnée elle-même avait suffi. D'autant plus que, lui apprit Maria, la mousseline était totalement passée de mode depuis la fin de la guerre.

Certains manteaux étaient ornés de bandes de fourrure : hermine ou zibeline. Mais quand Anthéa suggéra qu'on enlève ces coûteuses garnitures, la comtesse se récria, horrifiée :

– Vous en détruiriez tout le chic! D'autre part, que ferais-je de ces fourrures? Il ne me resterait qu'à les jeter!

Une telle extravagance laissa Anthéa pantoise...

Ce qui l'incitait pourtant à accepter la prodigalité dont Delphine faisait preuve à son égard, c'est qu'elle calculait qu'il y avait là de quoi, non seulement l'habiller elle-même, mais encore vêtir somptueusement Thaïs et Chloé.

Elle ne put donc que murmurer :

– Comment pourrai-je jamais vous prouver ma gratitude?

Elle comprit parfaitement le sens qu'il lui fallait donner à la réponse qu'elle reçut :

– L'unique façon de me la prouver, Anthéa, est de vous montrer envers moi une amie loyale, telle que le fut votre mère lorsque nous étions jeunes.

– J'en serai très honorée, parvint à dire Anthéa poliment.

Elle restait néanmoins troublée à l'idée que sa marraine puisse croire que cette loyauté ne lui était pas acquise d'emblée et qu'elle l'avait achetée par ses largesses.

Dans les jours qui suivirent, Anthéa s'aperçut que sa marraine avait trouvé un moyen très efficace pour ne l'avoir auprès d'elle que le plus rarement possible quand elle restait à l'Hôtel Sheldon.

Plusieurs dames, dont deux étaient apparentées au comte, avaient une fille qui venait de faire ses débuts dans la société.

Apparemment, elles avaient été sollicitées par la comtesse pour se charger d'Anthéa lors de réceptions, de promenades ou de bals auxquels elles conduisaient leur propre progéniture.

Ce fut après une série de sorties du même genre, avec d'autres jeunes filles de son âge, qu'Anthéa décida qu'elle préférait de beaucoup la compagnie des gens plus intéressants qui formaient le cercle d'intimes de la comtesse.

Les gamins imberbes qu'on l'obligeait à fréquenter étaient si insignifiants, si nuls en tous domaines, qu'elle avait bien du mal à se montrer aimable envers eux. Ils l'ennuyaient prodigieusement!

Par chance, comme elle dînait un soir en compagnie de cette jeunesse immature, elle apprit qu'une série de bals allaient être donnés par les dames les plus en vue des milieux politiques et mondains.

Elle fut rassérénée car il ne faisait aucun doute que la comtesse y assisterait et l'y conduirait.

Ce fut en effet le cas et là, tout aussi naturellement, elle retrouva le marquis de Chale.

Aussitôt qu'il la vit, il s'approcha :

– Miss Forthingdale! Ravi de vous revoir. J'ai quelque chose de très amusant à vous raconter.

Anthéa se devait de remplir d'abord ses devoirs de courtoisie envers quelques dames présentes mais, à la première occasion, elle alla s'asseoir auprès du marquis.

Il lui avait réservé plusieurs anecdotes qui la mirent en joie. Ces histoires concernaient des personnalités qu'il pouvait lui désigner, du menton ou même de l'index, parmi la foule des invités.

Un peu plus tard, l'une des dames qui chaperonnaient la jeunesse remarqua, acide :

– Je me demande quel plaisir vous avez à perdre votre temps en écoutant les ragots stupides de ce vieux hibou!

La dame n'eût assurément pas compris Anthéa si elle lui avait répondu que c'était grâce à ce « vieux hibou » que les lettres envoyées à ses sœurs étincelaient d'esprit comme les diamants de sa marraine...

Delphine se levait tard et Anthéa, quelle que fût l'heure de son coucher, n'avait pas perdu son habitude campagnarde de se lever avec le soleil. Aussi était-il bien rare qu'un jour passât sans que le maître d'hôtel trouvât, sur la table du hall, une épaisse enveloppe qu'il avait la charge de poster.

Anthéa tenait à faire partager à ses sœurs, dans toute la mesure du possible, l'extraordinaire aventure qu'elle était en train de vivre. Pour cela, d'ailleurs, écrire ne lui suffisait pas. Il lui fallait représenter les personnages pittoresques dont elle les entretenait. Aussi joignait-elle à ses longues lettres des dessins et des croquis pleins d'humour et de malice.

Evidemment, elle n'avait jamais fait allusion au

rôle très spécial du duc d'Axminster dans la vie de sa marraine, mais elle avait adressé à ses sœurs une caricature, où elle le montrait suprêmement hautain et imbu de lui-même. Beau – il l'était ! – mais peut-être un peu ridicule aussi dans l'évidente satisfaction qu'il avait de sa personne.

Pourtant, lorsqu'ils se rencontraient, elle ne pouvait s'empêcher d'être tendue et intimidée, bien qu'il n'eût absolument rien modifié à son attitude envers elle. Il lui manifestait la même indifférence polie et lointaine qu'à leur premier contact.

Sans doute n'avait-il attaché aucune importance à l'incident qui l'avait, elle, troublée si fort. La petite jeune fille assez stupide pour n'avoir pas compris d'emblée ce qu'il venait faire à l'Hôtel de Sheldon en pleine nuit n'avait pas retenu sa pensée plus d'un court instant.

Pour Anthéa, l'humiliation demeurait cuisante et elle ne lui pardonnait pas de l'avoir placée dans une situation si ridicule : elle ne pouvait s'empêcher d'en rougir à nouveau en y songeant.

Elle avait appris que le duc était plus jeune que Delphine ; il avait eu vingt-huit ans quelques semaines plus tôt.

Cela n'excusait en rien son attitude outrageante envers le comte de Sheldon dont, non seulement il avait séduit la femme, mais encore qu'il trompait dans sa propre maison...

D'autre part, il était exact, comme le soulignait le marquis de Chale, que Delphine était elle-même une femme « diaboliquement séduisante ».

Anthéa s'amusait parfois à observer la façon provocante dont elle regardait le duc, à travers ses longs cils alourdis de fard, paupières mi-closes ; le geste qu'elle avait pour lui caresser l'épaule, de ses mains fines et blanches ; ou encore la moue qu'elle lui faisait, de ses lèvres pleines et rouges, et qui semblaient quêter un baiser...

Il n'était pas surprenant qu'il n'ait pu résister à une tactique si savante, et Anthéa n'était pas loin de penser, comme elle l'avait entendu murmurer dans d'autres maisons, que le duc était une citadelle qui, après avoir tenu bon devant maints assauts d'amoureuses guerrières, avait fini par capituler et s'avouer vaincu pour la plus grande gloire de la comtesse de Sheldon.

C'était au cours d'un bal qu'une des dames-chaperons avait raconté à une autre, à portée d'oreille d'Anthéa, sur un ton navré :

– J'avais toujours espéré pour lui que le duc d'Axminster épouserait la fille du duc de Brockenhurst !

– La duchesse aussi l'avait espéré, pauvre duchesse ! Rien n'était moins évident. Les Brockenhurst ont tout fait pour cela... mais décidément Axminster préfère les femmes déjà pourvues d'époux.

– Vous avez remarqué qu'il ne s'occupe que de Delphine Sheldon ?

– Et alors ? Cela vous étonne ? Quelle femme splendide ! Elle a bien le droit de rattraper le temps perdu pendant sa jeunesse !

– Vous êtes trop indulgente, ma chère. Personnellement, cela me procurerait une grande joie de voir Sa Grâce aller à l'autel avec, à son côté, une jeune femme déterminée à l'avoir pour elle seule. Il y a trop longtemps déjà que le duc d'Axminster exerce en ce domaine une influence néfaste dans notre société...

L'autre dame avait ri :

– Tous les ducs riches et séduisants sont ainsi, voyons ! A mon avis, elle devra se lever de bonne heure, celle qui voudra piéger celui-là !

Anthéa savait que le duc était constamment à l'Hôtel de Sheldon, même lorsqu'elle ne l'y rencontrait pas.

Elle aurait aimé lancer le marquis sur ce chapitre mais elle savait que ce serait déloyal envers sa marraine et elle parvint à s'empêcher d'en parler, non sans mal.

Les deux robes neuves que Delphine avait commandées pour elle dans Bond Street étaient roses et seyaient parfaitement à son teint de brune.

Elle les choisissait pour les réceptions les plus élégantes et, naturellement, elle en portait une quand, à l'Hôtel Carlton, elle fut présentée au Régent.

Lorsqu'elle redressa le buste, après la profonde révérence dans laquelle elle avait plongé, le Prince lui affirma, de la façon charmante dont il avait le secret, qu'il la trouvait « ravissante, absolument ravissante, en vérité! » mais qu'il doutait fort qu'elle pût jamais éclipser sa cousine Delphine.

– Je ne suis pas assez présomptueuse pour l'espérer, Sire, répondit-elle.

Elle était très surprise de se sentir parfaitement à l'aise, ni timide ni nerveuse, et de constater que le Régent était dix fois moins impressionnant en chair et en os qu'il ne l'était sur ses portraits ou d'après les caricatures en général malveillantes que l'on faisait de lui.

Le Prince sourit avec finesse tandis qu'il ajoutait :

– Toutes les femmes veulent qu'on les remarque! La compétition entre elles à cet égard est éternelle, constante et sans merci!

– Seulement s'il s'agit de retenir l'attention d'hommes exigeants et difficiles comme vous-même, Sire.

Le Prince apprécia la réplique. Anthéa l'avait laissée échapper pour montrer son esprit mais elle redouta un instant de se voir taxer d'impertinence.

Il l'avait heureusement entendue comme un compliment et, plus tard dans la soirée, il prit Anthéa à part pour lui montrer une peinture qu'il avait acquise récemment.

Sur le chemin du retour, dans la voiture, la comtesse constata :

– Vous avez obtenu un véritable succès auprès de Son Altesse Royale! Il est dommage que ce soit la dernière réception de l'année à l'Hôtel Carlton. Le Prince Régent quitte Londres pour Brighton vendredi prochain.

– Ce qui signifie que la saison est définitivement close?

La comtesse eut un soupir de regret :

– Je le crains.

– Alors je... Il va falloir... que je rentre à la maison?

– Rien ne presse, mon enfant! affirma Delphine.

Mais, trois jours plus tard, une lettre du comte leur arriva. Il était au courant des projets du Régent et informait sa femme que le temps était venu pour elle de le rejoindre à la campagne.

– Plus rien ne peut nous sauver maintenant! conclut-elle, désespérée, en cachant ses larmes contre la poitrine du duc.

Lorsque Anthéa descendit de la voiture au carrefour, elle trouva Chloé et Thaïs qui l'attendaient avec Dobbin.

Tandis qu'elle se dirigeait vers elles, le bagagiste commença de décharger pas moins de six grandes malles de cuir.

Ebahies, les yeux ronds, ses sœurs regardaient Anthéa sans pouvoir prononcer un mot.

– Me voilà! Je reviens!... Oh! comme je suis heureuse de vous revoir!

Elle avait la même voix, le même regard pétillant,

les mêmes fossettes au creux des joues mais, à part cela, il était bien difficile de reconnaître en cette jeune voyageuse l'Anthéa qui s'en était allée six semaines plus tôt.

C'était une jeune fille qu'elles n'avaient pas imaginée! Vêtue d'un ensemble de voyage – robe et manteau – vert émeraude et coiffée d'une haute toque garnie de plumes d'autruche de même couleur, elle était stupéfiante.

Ce fut Chloé qui, la première, cria :

– Anthéa! C'est bien toi?

Thaïs lui faisait écho :

– Je n'ai jamais rien vu d'aussi élégant! C'est à vous couper le souffle.

Le bagagiste avait déposé les malles sur le bord de la route. Il accepta le pourboire que lui tendait Anthéa puis, ayant touché respectueusement le bord de son chapeau, il remonta dans la patache qui repartit.

Chloé trépignait dans la petite charrette, très excitée :

– Qu'est-ce que c'est que toutes ces malles? Que rapportes-tu, Anthéa?

– Des vêtements! Des ensembles, comme celui que je porte. Il y en a des tas... des douzaines et des douzaines!

– Ce n'est pas possible! s'écria Thaïs. Comment les as-tu eus? D'où viennent-ils?

– C'est marraine qui me les a donnés. Mais j'ai une nouvelle plus importante encore!

– Je ne vois pas ce que tu pourrais...

– Nous sommes riches!

– Riches?

Elles restaient bouche bée, incrédules. Anthéa ne les fit pas attendre plus longtemps :

– C'est plus fort que moi, je ne peux pas retarder le plaisir de tout vous dire... Mais il faudrait d'abord que nous trouvions quelqu'un pour nous aider à charger ces malles. Je ne peux les soulever moi-même, je risque de déchirer mes vêtements.

– Non, non, ne touche à rien! protesta vivement Thaïs.

Quelques gamins les observaient et, moyennant quelques pièces, ils se chargèrent de la corvée.

Thaïs fit faire demi-tour à Dobbin et l'équipage se mit en marche à faible allure car le chargement représentait un poids plutôt lourd à tirer pour la vieille bête.

Chloé mourait de curiosité :

– Que veux-tu dire en prétendant que nous sommes riches?

– J'ai trouvé un moyen pour gagner de l'argent... Oh! mes chéries, c'est passionnant! J'ai tellement de choses à vous raconter que je me demande si j'y parviendrai sans en oublier. Je ne sais par où commencer! Tenez... la voiture envoyée pour me ramener d'Eaton Socom était merveilleuse : une berline dans laquelle on voyage couché, comme dans une chambre, et qui est traînée par quatre chevaux. Pouvez-vous imaginer cela?

Mais Chloé se souciait fort peu, pour l'instant, des chevaux de la comtesse. Elle supplia :

– Parle-nous de l'argent! Tu as joué aux cartes? Tu as gagné à la loterie? Je ne peux pas comprendre comment...

Elle s'interrompit brusquement pour demander sur un tout autre ton :

– Ne nous dis pas que tu es fiancée, Anthéa!

– Non, non, absolument pas! C'est bien plus intéressant que ça!

Thaïs haussa les sourcils :

– Je ne vois pas ce qui pourrait l'être davantage!

– Et pourtant, c'est le cas! Je vais gagner de l'argent par moi-même, et ce qui est mieux encore, c'est que j'en gagnerai autant que je veux, autant qu'il nous sera nécessaire!

– Mais comment? Explique-toi!

– Je vendrai mes dessins et mes caricatures... Voilà mon idée!

Il fallut un certain temps à Anthéa pour expliquer à ses sœurs ce qui lui était arrivé environ une semaine avant son retour.

Après la réception à l'Hôtel Carlton, elle avait constaté que, si elle s'était bien amusée à Londres, si elle y avait acquis une certaine expérience du monde, si sa vision de la société en avait été transformée, et même altérée au point qu'elle ne la redoutait plus beaucoup et se jugeait parfaitement digne d'en faire partie... son premier projet se soldait par un échec : elle n'avait pas trouvé de mari!

Plusieurs de ses danseurs lui avaient fait des compliments enthousiastes, d'autres avaient flirté avec elle de telle façon qu'elle avait pu croire que cela deviendrait sérieux... Mais, en fin de compte, aucun ne s'était déclaré prêt au mariage.

En outre Anthéa avait bien vu qu'elle n'avait commencé à attirer sérieusement l'attention des hommes que lorsqu'elle s'était produite dans le monde vêtue avec élégance, dans des robes à la dernière mode. Sur l'insistance de sa marraine, elle avait même usé légèrement de fards pour aviver son teint et l'éclat de ses yeux.

Ainsi, elle n'avait plus « fait tapisserie » dans aucun bal et deux de ses danseurs avaient cherché à l'embrasser au jardin, entre deux valses.

L'un comme l'autre lui avaient déclaré que leur cœur lui appartenait à jamais... Après quoi elle avait appris par le marquis de Chale que ces deux messieurs avaient un patrimoine en grand danger, pratiquement en perdition, et qu'il leur fallait épouser au plus vite une riche héritière.

Le marquis lui avait expliqué :

– Les jeunes gens qui sont assez riches, aujourd'hui, pour épouser une femme dont le seul bien est sa beauté et sa jeunesse, sont rarissimes et ne fréquentent pas le Almack, ma chère enfant.

Anthéa avait parfaitement compris qu'il la mettait ainsi en garde contre toute faiblesse; elle ne devait accepter aucune familiarité, ni s'engager dans une aventure qui risquerait de lui nuire sans rien lui apporter de concret. D'autant qu'il avait précisé :

– Beaucoup d'entre eux, tel Axminster, sont très imbus d'eux-mêmes et se croient tout permis.

Cependant, Anthéa ne put s'empêcher d'éprouver une déception assez cruelle lorsqu'elle constata que la saison était terminée et que son heure de gloire allait sombrer dans l'oubli...

Il allait lui falloir rentrer dans le Yorkshire, s'occuper de la maison, compter sou par sou les dépenses, veiller sur ses sœurs et sa mère. Son avenir n'avait rien de comparable aux jours qu'elle venait de vivre à Londres. Le bal de l'Hôtel Carlton n'avait rien à voir avec le bal des chasseurs du Yorkshire en décembre.

Et soudain, le hasard ou la fatalité était intervenu comme pour prendre en main son destin.

Dans le salon de la comtesse, Anthéa attendait le lever de sa marraine qui, comme chaque jour, était en retard.

Delphine avait une manie qu'Anthéa connaissait à présent : elle se levait à l'heure prévue et commençait à revêtir une très jolie toilette, raffinée et fascinante. Sa femme de chambre l'habillait de la tête aux pieds. C'est alors que Lady Sheldon se regardait dans la glace, faisait la moue et ordonnait qu'on la déshabillât : elle avait changé d'idée. Elle préférait une autre tenue, en général très différente, et tout était à recommencer, de la coiffure aux chaussures.

Ce matin-là, l'attelage stationnait déjà devant la porte et il y avait plus de vingt minutes qu'Anthéa arpentait le hall avec impatience, lorsqu'elle eut la curiosité de pénétrer dans une pièce où elle n'avait encore jamais mis les pieds.

C'était, elle le savait, le « sanctuaire » du comte, la pièce où il se réfugiait lorsqu'il voulait être seul. L'endroit lui fit penser à son père car elle fut certaine, en y pénétrant, que si ce dernier en avait eu les moyens, il se fût réservé une pièce exactement semblable à celle-ci.

Elle était meublée d'un canapé de cuir, très large, très confortable, et de fauteuils assortis. Un bureau immense occupait le milieu et, contre un des murs, s'appuyait une bibliothèque Chippendale derrière les vitres de laquelle s'alignaient des dizaines et des dizaines de livres superbement reliés.

Anthéa s'approcha de la bibliothèque, navrée de ne découvrir un tel trésor que si près du jour où elle allait quitter Sheldon.

Sur les autres murs étaient accrochés des dessins, dont beaucoup de caricatures dues au célèbre et féroce crayon de James Gillray. D'autres, non moins réussies, étaient signées d'un nom tout aussi connu et tout aussi prisé : Thomas Rowlandson.

Anthéa avait souvent entendu citer ces deux dessinateurs humoristiques au cours de conversations, elle avait aussi entendu dire qu'un troisième, en train de se faire un nom, allait sans doute atteindre la renommée des deux autres car les dessins qu'il venait de publier récemment étaient encore plus réussis : il s'agissait d'un certain George Cruikshank.

Ces caricatures, qu'Anthéa étudia passionnément, lui parurent d'une extrême habileté car, en dépit de l'exagération indispensable du trait comique, elle reconnaissait parfaitement les personnages : ils étaient à la fois déformés et terriblement ressemblants. Et le résultat était d'une irrésistible drôlerie.

Quand elle les eut toutes examinées, l'une après l'autre, Anthéa fut comme déçue : c'était déjà fini, il n'y en avait pas d'autres, elle les avait toutes vues! Quelle frustration!

C'est alors qu'elle remarqua un grand carton à dessins, posé sur un guéridon : il contenait des caricatures qui n'avaient pas encore été encadrées.

Au haut de l'une d'elles, étaient tracés quelques mots sarcastiques faisant référence au paiement d'une somme de 35 000 dollars pour la statue en marbre d'Elgin, alors que tant d'enfants de John Bull (1) manquaient de pain.

Cette note devait être de la main même du caricaturiste car son dessin illustrait avec une férocité comique la situation évoquée.

Tandis qu'elle examinait une par une les œuvres de cette nouvelle série, Anthéa riait, ravie, frémissante d'enthousiasme :

– C'est excellent! Vraiment, c'est excellent! Et dire que j'aurais pu quitter l'Hôtel de Sheldon sans les avoir vues!

Soudain, elle éprouva un choc : certains de ces dessins avaient une parenté évidente avec ceux qu'elle-même s'amusait à envoyer à ses sœurs.

En étudiant la facture de Gillray, de Rowlandson et de Cruikshank, je pourrais me perfectionner peut-être... faire presque aussi bien qu'eux, qui sait? conclut-elle.

Et elle se pencha avec un intérêt renouvelé sur les dessins. Rowlandson utilisait de l'encre rouge et ajoutait ensuite des lavis de couleur chaude. Les foules qu'il montrait, ses hommes au faciès stupide,

---

(1) Note du traducteur : symbole en anglais de ce que « Marianne » est pour les Français.

ses femmes obèses, avaient les jambes un peu torses.

On ne pouvait se tromper sur le Prince Régent et les charmes plus qu'opulents de Lady Hertford...

Dans de nombreux dessins on pouvait reconnaître Napoléon sous différents aspects. James Gillray le montrait en Balthazar déchiffrant les graffiti qui fleurissaient sur les murs.

Mais, pour Anthéa, tous ces dessins étaient relevés par un humour caustique dont elle n'était pas sûre d'être si naturellement pourvue.

Elle entendit sa marraine l'appeler et se précipita dans le hall pour voir la comtesse descendre l'escalier, ébouriffante dans un ensemble jonquille. Son cou long et mince était orné de topazes et sur ses cheveux roux frémissaient des plumes allant du jaune au « reflet de soleil couchant », posées sur une haute toque.

– Que faisiez-vous dans le cabinet du comte ? demanda Delphine.

– Rien de répréhensible, j'espère, ma cousine ! Je regardais des gravures.

– Oui, le comte a la manie de collectionner ce genre de choses. Personnellement, je ne trouve aucun intérêt à ces gribouillages où il m'est impossible de reconnaître qui que ce soit.

Anthéa savait parfaitement que c'était faux.

Lorsque, le lendemain, elles passèrent rue St James, elle vit un attroupement devant la galerie Humphrey et supposa que la foule regardait de nouvelles œuvres exposées, soit de Rowlandson, soit de Cruikshank.

Le soir même, elle questionna le marquis au sujet des caricaturistes en vogue.

– Ce sont des artistes qui gagnent une fortune ! lui confirma-t-il. Ils permettent aux gens de rire et, à mes yeux, personne ne saurait leur en vouloir.

– James Gillray est-il encore vivant ?

– Non, il est mort alcoolique en 1815. Je suppose que la formidable demande de ses éditeurs, en l'obligeant à trop travailler, le poussait à boire. On ne peut produire autant qu'il le faisait sans un stimulant, toujours nocif.

– J'ai eu l'occasion, dernièrement, de voir quelques-unes de ses œuvres, raconta Anthéa.

– Dans la collection du comte, n'est-ce pas ? Il a rarement raté la sortie d'un numéro ! Mais, actuellement, ce genre d'édition se ralentit. Rowlandson a trop brillamment réussi et il devient paresseux. Il ne reste guère pour soutenir le marché que Cruikshank, qui est encore très jeune. Il doit avoir une vingtaine d'années.

– Seulement ? Pourtant on l'achète ?

– Les gens sont prêts à acheter tout ce qui leur donne l'occasion de rire.

Toute la soirée, Anthéa resta pensive.

Bien qu'Emma l'eût préparée pour la nuit, elle ne se mit pas au lit. Elle prit dans un tiroir un carnet de croquis qu'elle avait acheté depuis son arrivée à Londres et sur lequel elle avait crayonné maints dessins qu'elle destinait à ses sœurs.

Tous représentaient des personnalités qu'elle avait eu l'occasion de voir au Almack ou dans d'autres réceptions.

Les examinant tour à tour, elle s'aperçut que sa « facture » ressemblait en bien des points à celle de Gillray. En outre, les couleurs qu'elle y avait ajoutées évoquaient le style de Rowlandson et de Cruikshank.

Elle s'obligea à les juger avec un esprit critique. Et le résultat de cet examen fut que, lorsqu'elle se mit enfin au lit, son visage était devenu plus grave sous l'effet d'une ferme détermination.

Le lendemain elle se leva de très bonne heure, avant que sa marraine eût appelé sa femme de chambre. Prenant Emma pour chaperon, Anthéa appela un fiacre et se fit conduire au 27 de la rue St James. Puis, laissant Emma dehors, elle demanda à voir le propriétaire de la galerie.

A sa grande surprise, ce propriétaire était une femme, Mme Humphrey, une dame très digne, déjà d'un certain âge, au visage carré avec une toute petite bouche aux lèvres minces. Elle portait une sorte de coiffe blanche.

– Que puis-je pour vous? s'enquit-elle.

Très intimidée, Anthéa lui tendit son carnet de croquis :

– Je voulais vous demander, madame, si... s'il me serait possible de... de vendre quelques-uns de ces dessins?

Tandis que Mme Humphrey prenait le carnet, Anthéa lut très nettement sur son visage l'embarras de quelqu'un qui se demande en quels termes il lui sera possible de refuser poliment, et sans vexer la personne à qui elle a affaire, l'offre qui lui est proposée.

Cependant, au fur et à mesure qu'elle feuilletait le carnet, son expression changeait.

Avec une note d'incrédulité dans la voix, elle finit par demander :

– C'est... vous-même qui avez réalisé ces dessins?

– Oui.

– Les avez-vous déjà proposés à quelqu'un d'autre?

– Non. J'ai fait ces caricatures pour amuser mes sœurs, qui vivent à la campagne. Hier, j'ai eu l'occasion de voir plusieurs œuvres de M. Gillray et j'ai lu au dos des dessins la mention de votre nom en qualité d'éditeur.

– La disparition de M. Gillray a été pour nous une grande perte! Vraiment, une très grande perte.

— J'en suis convaincue! Mais j'ai vu que vous publiiez aussi des dessins de M. George Cruikshank? répliqua Anthéa.

— Un jeune homme très habile, mais moins artiste que James Gillray ou même que son émule, Thomas Rowlandson.

Tout en parlant, Mme Humphrey continuait à examiner les dessins :

— Vous dites que vous voudriez vendre cet album?

— Si cela vaut quelque chose, oui.

— Veuillez m'excuser un instant. Je voudrais dire un mot à mes associés.

Mme Humphrey disparut dans l'arrière-boutique et Anthéa resta debout à regarder autour d'elle.

Il n'y avait pas seulement des caricatures, sur les longues tables d'exposition, mais aussi des aquarelles délicates, dont la qualité évidente découragea immédiatement Anthéa : il était hors de question pour elle d'entrer en compétition dans ce domaine.

Mme Humphrey revenait :

— Vous ne m'avez pas appris votre nom?

Anthéa n'eut pas à réfléchir longtemps.

Un secret instinct l'avertit immédiatement qu'il serait maladroit, voire dangereux, de publier une seule de ces caricatures sous sa véritable signature.

— Je me nomme Dale. Miss Ann Dale.

— Très bien, miss Dale. J'ai le plaisir de vous dire que mes associés et moi-même pensons le plus grand bien des dessins que vous avez eu la gentillesse de nous soumettre.

— Vraiment?

— Nous sommes disposés à les publier.

— Tous?

— Tous.

La tête d'Anthéa se mit à tourner. Elle n'était pas encore sûre d'avoir bien entendu.

– Vous avez le choix entre deux règlements : soit nous vous achetons l'album pour un prix forfaitaire, soit nous vous réglons selon les exemplaires vendus, au pourcentage. Dans ce cas les droits de copyright restent votre propriété.

– J'ai peur de ne pas très bien saisir...

– Je vais vous expliquer. Il y a deux façons pour un artiste de vendre ses dessins et ses caricatures. Quelquefois, il préfère toucher une grosse somme et abandonner ses droits sur d'éventuelles reproductions. Sinon, il ne touche au départ qu'une somme modeste, ce que nous appelons un à-valoir sur les droits à venir mais, ensuite, nous lui versons cinquante pour cent du prix de vente de chaque exemplaire vendu. Comme vous le voyez, si vous regardez autour de vous, chaque œuvre imprimée est vendue entre un sixième de penny et deux pence. Ce sont les prix pour la qualité courante, dont les auteurs sont anonymes ou totalement inconnus. Les petits artisans du dessin, dirais-je. Mais un dessin de Thomas Rowlandson peut atteindre trois livres anglaises! Ce qui représente une somme considérable si vous la multipliez par le nombre d'exemplaires vendus!

Il fallut à Anthéa un certain temps pour retrouver sa voix :

– Si je traite à forfait, combien me donnerez-vous?

Mme Humphrey, le regard baissé sur le carnet, se mordillait les lèvres, semblant calculer :

– Eh bien, voyons... Etant donné que, pour le moment, nous manquons vraiment de caricaturistes et que vos dessins illustrent la vie de la haute société vue sous un angle tout à fait nouveau, qu'aucun de nos artistes n'a eu jusqu'ici le loisir d'observer, ou dont ils n'ont pas senti l'humour, je suis prête, miss Dale, à vous donner dix livres de chaque dessin.

Sur le moment Anthéa pensa que c'était une plaisanterie de mauvais goût. Cette femme se moquait d'elle depuis le début pour la punir de ses prétentions stupides et si elle acceptait, elle allait lui rire au nez et lui rendre son carnet.

Mais il fallait risquer cette humiliation et jouer le jeu. Affermissant sa voix, presque sur un ton de défi, Anthéa lança :

– Eh bien, j'accepte, madame Humphrey.

Elle eut alors l'impression de vivre un rêve, un rêve insensé dont elle avait peur à chaque seconde de s'éveiller...

Même aujourd'hui, tandis qu'elle racontait l'aventure à ses sœurs, elle ne parvenait pas à y croire tout à fait.

– Dix livres! s'était écriée Chloé d'une voix étranglée.

– Et tu en as vendu combien? demanda Thaïs.

– Il y en avait dix sur mon carnet.

– Ça fait cent livres!

– Mais c'est impossible!

– Et il y en aura encore beaucoup d'autres, autant que je pourrai en faire!

Les réactions verbales de Thaïs et Chloé qui parlaient en même temps empêchèrent toute conversation normale pendant près de deux kilomètres.

Elles approchaient de la maison quand Anthéa éleva la voix pour se faire entendre :

– N'en parlez pas encore à maman. Vous m'avez comprise? Ce serait une grave erreur de mettre maman au courant. D'abord, elle serait choquée que je tire de l'argent de mes dons artistiques, cela est contraire à tous ses principes, ensuite elle mourrait d'angoisse à la pensée que quelqu'un pût découvrir ma véritable identité.

— Pour cela tu as raison, avait approuvé Thaïs. Elle en serait plus tourmentée qu'heureuse.

— Je mettrai la plus grande partie de cet argent à la banque. J'ai persuadé Mme Humphrey de me payer comptant, précisait Anthéa.

Elle se souvenait de son impatience pendant qu'elle attendait que Mme Humphrey se soit elle-même procuré la somme en liquide. Si elle tardait trop, sa marraine risquait de lui demander d'où elle venait et à quoi elle avait passé tout ce temps.

Elle s'était assuré le secret d'Emma en prétendant qu'elle était venue là pour offrir un cadeau au comte en remerciement de son hospitalité et qu'elle voulait que cela fût une surprise.

L'histoire était plausible : Mme Humphrey avait en effet eu la gentillesse de lui donner, pour marquer le début de leur collaboration, un dessin de George Cruikshank, qu'Anthéa avait pu montrer à Emma, qui d'ailleurs avait haussé les épaules.

— Ouais... Moi, ça m' fait pas rire, je comprends pas ce que ça a de drôle! Mon amoureux en raffole, lui, mais je crois, mademoiselle, que les hommes s'amusent de rien. Nous, les femmes, on est plutôt moins bêtes, plus profondes, quoi!

— Qu'est-ce qui vous fait croire ça, Emma?

— Eh bien, par exemple, moi je voudrais qu'on parle d'amour, quand on est tous les deux. Qu'on se dise combien et pourquoi on tient l'un à l'autre. Ce que ça représente, d'être ensemble. Mais Jim... il ne pense qu'à la rigolade. « Allons, Emma, il me dit, tu sais bien que je t'aime. C'est pas la peine de s'éterniser là-dessus. »

Avant de quitter Londres, Anthéa avait acheté pour sa marraine un coupe-papier ravissant qu'elle avait admiré auparavant dans une boutique de Bond Street, et lui avait demandé de remettre le Cruikshank au comte de sa part.

— C'est très gentil à vous, Anthéa, avait dit Delphine. Je suis ravie que vous vous soyez amusée à Londres et vous savez que pour ma part j'ai été enchantée de votre séjour auprès de moi.

Elle avait pris un temps avant de poursuivre :

– Il se peut fort que je vous invite une autre fois.

– Ou, peut-être, tenta timidement Anthéa... peut-être pourriez-vous inviter Thaïs ?

– C'est possible. Vraiment, je crois que je le ferai l'année prochaine.

Anthéa savait que cela ne dépendrait que d'une chose : la nécessité, pour sa marraine, de trouver une excuse afin de pouvoir rester à Londres quand son mari serait à la campagne.

Mais elle espérait que cela se ferait car elle était certaine que Thaïs, si une telle opportunité lui était offerte, se débrouillerait mieux qu'elle pour trouver un mari.

Quant à elle, désormais, son ambition était autre. Elle avait trouvé un moyen différent pour se procurer de l'argent.

A l'avenir, elle serait capable d'offrir à sa famille l'aisance dont elle avait été si longtemps privée.

Elle soupira de bonheur :

– J'ai eu une chance incroyable ! Je rapporte de quoi vous habiller toutes, ainsi que moi-même, et j'ai découvert que j'avais un talent sérieusement monnayable !

– Tu es rudement habile ! admira Chloé.

Thaïs, elle, se montra plus critique :

– Comment pourras-tu faire des caricatures du beau monde si tu n'es pas à Londres ?

– Ce sera moins facile, admit Anthéa, mais j'ai un atout sérieux : je me suis liée d'amitié avec le marquis de Chale.

– Un marquis ? s'exclama Chloé. Il est amoureux de toi ?

Anthéa éclata de rire :

– Oh! non, pas du tout! Le marquis est un vieux bonhomme, il a au moins soixante-dix ans. Mais il connaît tout le monde et tous les potins qui courent de bouche à oreille. Je lui ai demandé de m'écrire pour me tenir au courant.

– Et il le fera? demanda Thaïs.

Anthéa s'était déjà posé la question.

Mais elle avait appris que le marquis était un épistolier fanatique qui correspondait avec ses amis et connaissances aussi facilement et avec autant d'ardeur qu'il bavardait.

– Je suis sûre qu'il m'écrira, affirma-t-elle, confiante. Et si je fouille soigneusement dans tous les journaux et magazines, maintenant que je sais à quoi la haute société ressemble, je suis assurée d'y trouver matière à des caricatures et à des dessins. Je n'aurai qu'à m'appliquer à les rendre drôles. Ce qui ne me sera pas très difficile.

– Quelle aventure fantastique! constata Chloé frémissante. J'aimerais qu'on puisse en parler à maman et à Phébé, mais je crois en effet qu'il vaut mieux garder cela pour nous.

– Absolument! Et personne ne doit soupçonner qui est Ann Dale ni... Ecoutez-moi bien, les filles : ni le vilain petit canard qui ouvre son bec dans le coin de chacun de mes dessins.

– Le vilain petit canard? Tu l'as réellement mis sur tes œuvres?

– Il est mon emblème, ma marque de fabrique! D'abord je l'ai dessiné pour vous faire rire quand je vous montrerais mes croquis. Finalement j'ai décidé de l'y laisser : ce sera ma signature. Qui sait? Il passera peut-être à la postérité. Comme le paraphe de James Gillray.

– Ce serait prodigieux, soupira Chloé. Mais quel dommage, alors, que personne ne sache qu'il s'agit de toi. Si tu restes anonyme, Anthéa, tu gagneras de l'argent, bien sûr, mais le bonheur d'être célèbre compte aussi! Te rends-tu compte que tu vas passer à côté d'une grande satisfaction ?

– Je sais surtout que je passerai à côté, et le plus au large possible, des récriminations de mes victimes, et de toutes les avanies que chercheraient à me faire subir ceux qui se jugeront insultés ou diffamés par mes caricatures.

– Crois-tu qu'ils seront vraiment furieux? s'inquiétait Thaïs.

Anthéa haussa les épaules :

– Peut-être pas... Les gens du grand monde vivent en société très fermée. Ils ne daignent pas s'attarder sur l'opinion du « commun ». Ils estiment qu'ils sont eux-mêmes beaucoup trop importants, beaucoup trop supérieurs à la « masse » pour se soucier, si peu que ce soit, de son jugement et de ses goûts.

En disant cela elle pensait au duc.

Elle était certaine qu'il n'accordait pas la moindre valeur à l'opinion des autres en ce qui le concernait. S'il était d'accord avec lui-même, cela lui suffisait, sans le moindre doute.

Il était tellement imbu de sa propre personne, tellement convaincu de sa supériorité!

Oui, c'était ainsi qu'elle le voyait et pourtant... elle ne pouvait s'empêcher de convenir, en son for intérieur, qu'il avait quelques raisons d'être si fat!

C'était vraiment le plus beau, le plus séduisant de tous les hommes qu'elle avait vus à Londres.

4

Le duc laissa son phaéton à la garde de son valet d'écurie et traversa la pelouse en direction de la statue d'Achille.

A six heures du matin la brume noyait encore les frondaisons du parc et l'herbe était mouillée de rosée.

Une expression d'étonnement figea ses traits tandis qu'approchant du monument il regardait se lever d'une chaise une silhouette entièrement voilée.

Comme la comtesse rejetait son voile en arrière, découvrant un visage angoissé, il ne put retenir une exclamation :

– Au nom du ciel, Delphine, à quoi sert cette mise en scène ? Pourquoi me convoquer ici, à pareille heure ?

– Il fallait que je vous voie et c'était le seul moyen pour qu'Edward ne se doute de rien.

– En recevant votre mot, il y a une heure, j'ai cru rêver !

D'une voix étranglée, elle expliqua :

– Edward est rentré cette nuit. Il avait pour cela une excellente raison. Tenez, je vous ai apporté ceci.

Elle lui tendait un rouleau de papier qu'il prit machinalement, en proposant :

— Si nous nous asseyions? Je ne vois pas pourquoi nous ne nous installerions pas confortablement.

— Confortablement! ricana Delphine. Attendez de savoir pourquoi mon mari est rentré à Londres en chaise de poste!

Elle était si agitée que le duc, après avoir jugé d'un coup d'œil l'altération de ses traits, déroula le papier rapidement. Il prit place sur une chaise près de la statue.

C'était une caricature et il savait que le comte les prisait et en faisait collection. Qu'avait celle-ci de particulier?

Il l'examina à la pâle lueur de l'aurore. On y voyait un lion, à l'expression vraiment royale, assis sur un coussin et coiffé d'une couronne. Le coussin était orné d'un blason qui n'était autre que celui du duc d'Axminster lui-même.

Devant lui, le regardant d'un air énamouré, extasié et implorant, se trouvaient une dizaine de petits chats dont chacun avait les traits d'une jeune fille.

Mais le lion, superbe et dédaigneux, avait posé l'une de ses pattes tendrement, d'un geste arrondi et protecteur, sur un chat plus gros que les autres et qui levait vers lui de beaux et grands yeux verts, avec adoration. Ce chat privilégié avait incontestablement les traits de la comtesse.

Au bas du dessin, la légende disait : *Le Grand Amour des petites chattes*.

— Sacrebleu! gronda le duc. C'en est trop! Qui diable a pu se permettre cela?

— Je n'en ai aucune idée! mais vous imaginez la réaction d'Edward en voyant ce dessin.

— Ce n'est ni un Rowlandson ni un Cruikshank.

Le ton de la comtesse se fit agressif.

— Je ne vois pas l'intérêt que ce détail pourrait

présenter! Edward est furieux. Pour la première fois il me soupçonne d'avoir une liaison et j'ai eu beaucoup de mal à le convaincre de ma fidélité.

— Mais y êtes-vous parvenue? questionna le duc d'un ton à demi-soulagé.

Elle soupira :

— Il est arrivé hier soir vers dix heures, en proie à une rage féroce. Il m'a annoncé qu'il envisageait de divorcer et a parlé de vous citer au tribunal comme mon complice!

Le duc émit un léger sifflement.

— J'ai cru qu'il allait me frapper, continuait la comtesse, tant il était hors de lui... Puis il ajouta que, de toute façon, divorce ou pas, il allait fermer l'Hôtel de Sheldon définitivement. « Vous resterez à la campagne, m'a-t-il dit, ainsi je pourrai garder un œil sur vous. J'ai trop longtemps cédé devant votre prédilection pour Londres et la société maudite dans laquelle vous vous complaisez! Dorénavant, vous résiderez au château et, pour être certain que vous vous y occuperez sainement, je vais faire rouvrir la nursery : j'entends que vous me donniez d'autres enfants. »

Un petit sanglot fit hoqueter Delphine qui reprit, après s'être mouchée :

— Je ne parvenais pas à croire que c'était Edward qui me traitait ainsi. C'était pourtant bien le cas! Je vous le jure, Garth, voilà ce qu'il m'a dit!

Le duc hocha la tête avec commisération. Delphine continua :

— Je hais la campagne et je ne suis plus d'âge à avoir d'autres enfants! De plus, si je dois vivre loin de Londres, sans sortir, sans assister aux réceptions, sans m'amuser, je suis sûre que si je ne meurs pas d'ennui, c'est que je me serai suicidée avant.

— Mais vous avez pu le faire changer d'avis, d'après ce que je crois comprendre? N'est-ce pas?

— Cela m'a demandé deux heures! Deux heures

durant lesquelles j'ai joué les martyres, les innocentes persécutées, la victime d'infâmes calomnies.

– Et il a fini par vous croire ?

– Je lui ai démontré que cette caricature était l'œuvre d'un esprit pervers et méchant, qui avait tiré des conclusions fausses du fait que, au cours de ces dernières semaines, l'on nous avait vus fréquemment ensemble. En effet, je ne pouvais guère faire autrement que me montrer aimable avec vous et me trouver dans toutes les réunions auxquelles vous assistiez, puisque je faisais cela pour ma filleule !

– Sortir votre filleule n'impliquait pas que ma présence...

Elle coupa nerveusement :

– Si ! J'ai dit à Edward que vous alliez épouser Anthéa.

– Quoi ?!

L'interrogation stupéfaite avait claqué comme un coup de pistolet.

– C'est comme ça ! J'ai dit à Edward que vous étiez fiancé à ma filleule, que vous alliez l'épouser, et il faut absolument que vous le fassiez, Garth ! C'est la seule façon de convaincre le comte que je ne lui ai pas menti.

– Vous êtes folle ! Je n'ai pas la moindre intention d'épouser une jeune fille avec qui je n'ai pas échangé plus de dix paroles dans toute ma vie.

– Vous avez dansé avec elle. Vous l'avez rencontrée à toutes les réceptions, celles que j'ai données et celles où nous étions conviés, vous ne pouvez le nier !

– Je l'ai rencontrée car elle habitait chez vous ! Cela ne signifie nullement que j'aie songé à l'épouser.

– Je sais que vous n'y avez pas songé. Vous m'aimez et je vous aime ! Mais c'est parce que nous nous aimons, Garth, que vous devez nous sauver de cette terrible situation ! C'est épouvantable !...

Le duc se taisait. Les lèvres pincées et les mâchoires durcies, il examinait le dessin.

– Si vous n'agissez pas de façon à rendre mon histoire crédible pour Edward, il va en revenir à son premier projet : le divorce! Vous imaginez sans peine le scandale!

– Je ne pense pas qu'il irait jusque-là, voyons!

– Mais si! Vous ne connaissez pas Edward comme je le connais. Sa fierté est blessée. Il n'y a pas un homme au monde plus orgueilleux que lui. Pas un non plus qui sache s'obstiner dans sa position comme Edward.

Le duc savait que la comtesse avait raison. Néanmoins, il proposa :

– Peut-être devrais-je avoir avec lui un entretien?

– Et que lui diriez-vous? Que cette caricature est un mensonge fielleux? Pensez-vous qu'il vous croirait sur parole?

– Pourquoi pas?

– Parce que je suis à peu près sûre que ce dessin n'est pas seul en cause. Quelqu'un a dû parler... Vous connaissez ma belle-mère : si âgée qu'elle soit, elle a gardé des relations qui la tiennent au courant de tout ce qui se passe à Londres. Elle m'a souvent laissé entendre qu'elle n'ignorait pas mes dernières conquêtes. D'autre part, on ne peut jamais avoir entièrement confiance dans les domestiques.

– Ne m'avez-vous pas dit que votre personnel avait été complètement changé?

– Pas entièrement... Et ces gens-là parlent entre eux! Ceux de l'Hôtel de Sheldon ont été en rapport avec ceux du château, ils ont pu bavarder sans se rendre compte des conséquences.

C'était en effet, pensait le duc, une éventualité à considérer. Il se reprocha d'avoir sans doute manqué de prudence en rendant si souvent visite à la comtesse en l'absence de son mari.

— Il n'y a vraiment qu'une seule solution! reprit Delphine, vous devez épouser Anthéa, et dans les plus brefs délais.

Le duc perdit patience :

— Mais comment voulez-vous que je fasse une chose pareille? Et en toute hâte, encore?

— Parce que Edward m'a dit que jusqu'à votre mariage il m'interdisait catégoriquement de vous adresser la parole. Je resterai prisonnière au château tant que ma filleule ne sera pas devenue duchesse d'Axminster. « Il est beaucoup trop facile pour le duc de rompre un engagement, m'a-t-il fait remarquer. Il est très capable de ne pas tenir sa promesse, si tant est qu'il l'ait réellement faite. Vous me ridiculisez depuis trop longtemps, Delphine! J'entends bien que cette fois les rieurs soient de mon côté. Et ce ne sera pas moi qui ferai les frais de leurs plaisanteries, mais vous-même et votre amoureux. »

Pensivement, le duc suggéra :

— Nous avons peut-être une meilleure façon de nous en sortir. J'ai le devoir de vous demander si vous préférez fuir avec moi.

Elle resta quelques secondes stupéfaite :

— Vous parlez sérieusement?

— La seule façon qu'il me reste d'agir selon l'honneur, c'est de vous offrir ma protection. Jusqu'à ce que votre mari ait obtenu le divorce devant le Parlement. Ensuite, je vous épouserai.

Des larmes montèrent aux yeux de Delphine :

— Oh, Garth! Vous êtes l'être le plus adorable que je connaisse! Mais pensez-vous vraiment que nous puissions vivre à l'étranger comme le font les Herons depuis tant d'années?

Tendrement, elle posa sa main sur la poitrine du duc :

— Je n'oublierai jamais que vous me l'avez proposé, mais ma réponse est non, définitivement non, mon très cher Garth. L'un comme l'autre, nous haïrions chaque minute passée en exil et nous ne serions pas à Paris depuis un mois que nous ne pourrions plus nous regarder en face...

Dans un geste qui leur était familier, le duc prit la main de Delphine et la porta à ses lèvres :

– Quel que soit le prix à payer, tout me paraît préférable à ce que vous me demandez de faire.

Elle secoua la tête :

– Tss, ne dites pas de bêtises, mon amour! Anthéa est une fille très douce. Il faudra bien que vous vous mariiez un jour. Bien que les Forthingdale soient pauvres, leur sang est aussi bleu que le nôtre. Elle fera une duchesse très convenable et vous savez comme moi qu'il vous faut avoir un héritier.

Il le savait sans qu'on eût besoin de le lui dire mais il n'avait encore jamais envisagé d'aliéner sa liberté avant que la chose ne soit devenue absolument nécessaire.

Dans son esprit, il avait encore des années devant lui, au moins cinq, peut-être davantage.

Comme si elle lisait dans sa pensée, la comtesse murmura :

– Je suis navrée, Garth! mais je ne vois réellement pas d'autre issue.

Le duc contemplait le dessin comme s'il espérait y trouver l'illumination qui lui permettrait de réduire à néant ce qu'il insinuait.

Mais il était indéniable que la face du lion, son expression, étaient indubitablement les siennes, bien que caricaturées, comme les yeux verts de la chatte beige étaient ceux de la comtesse.

C'était une œuvre habile, et plus spirituellement exécutée que ne l'étaient les dessins de George Cruikshank, dont la facture était plus crue et plus vulgaire.

Mais la finesse et le charme de cette composition la rendaient encore plus dangereuse : on en parlerait sans aucun doute dans le monde. Pour être honnête, le duc devait bien reconnaître que l'amertume et la fureur du comte étaient plus que justifiées.

— Alors, Garth? demandait la comtesse. Nous prenons cette décision?

Devant le silence de son compagnon, elle s'impatientait quelque peu.

Avec un soupir, il acquiesça enfin :
— Si c'est vraiment le seul moyen de nous tirer d'affaire... Bien. Je suis d'accord.

Anthéa, dans la cuisine, était en train d'abaisser un fond de tarte. Un grand tablier blanc protégeait sa robe et, comme elle s'était lavé les cheveux la veille, elle les avait abrités de la poussière de farine avec un mouchoir noué.

Toutes les demoiselles Forthingdale cuisinaient parfaitement; leur vieille nourrice le leur avait enseigné dès leur plus jeune âge.

Quand celle-ci les avait quittées pour aller soigner sa sœur malade, les quatre sœurs s'étaient relayées à la cuisine et c'était devenu entre elles une sorte de concours, à celle qui réussirait le mieux la confection d'un plat savant ou d'un gâteau délicieux.

Tout en repliant sa pâte pour y repasser le rouleau, Anthéa songeait que, maintenant, elle allait pouvoir s'offrir l'aide de Mme Harris, une habitante du village, deux ou trois jours par semaine pour les gros travaux.

Elles détestaient toutes le ménage et le nettoyage et Thaïs ne manquait pas une occasion de laisser passer son tour, sous les prétextes les plus divers.

Anthéa était certaine que leur mère, toujours dans les nuages, ne poserait aucune question lorsqu'elle verrait Mme Harris tenir le balai; elle ne se demanderait même pas comment on la payait.

Anthéa avait confiance : elle savait que, sur la table de la salle d'étude, un paquet, soigneusement ficelé, attendait d'être expédié à Mme Humphrey.

La plus grande difficulté de son entreprise était de soustraire ses dessins aux regards de sa mère. Elle l'avait tournée en se levant très tôt le matin et en ne se couchant que très tard, lorsque Lady Forthingdale avait gagné sa chambre. C'était plus sûr que de devoir cacher en toute hâte ce qu'elle était en train de faire si sa mère, par hasard, pénétrait brusquement dans la pièce où elle travaillait.

— Décris-nous les dessins que tu as déjà vendus! avait demandé Thaïs.

— A vrai dire, j'ai déjà oublié ce qu'ils représentaient... Je les esquissais sur mon bloc quand j'avais un moment, et je n'imaginais vraiment pas, jusqu'au jour où j'ai eu l'idée d'aller chez Mme Humphrey, que non seulement elle m'en achèterait, mais qu'elle les prendrait tous! J'aurais été heureuse si elle en avait choisi un seul; je l'aurais été encore plus si elle me l'avait payé une livre; ce qui m'aurait permis de vous rapporter à chacune un petit cadeau.

— Et elle t'a donné dix livres pour chaque dessin! avait rappelé Chloé. Une montagne d'argent incroyable, pour de petits dessins que tu faisais depuis toujours en t'amusant, je m'en souviens...

— Très juste, avait approuvé Thaïs. Nous en avons bien ri! C'est drôle de penser que maintenant tu amuses les gens les plus huppés de Londres avec ces petits croquis auxquels nous n'attachions pas grande importance.

— Il m'est plus facile de dessiner quand les choses sont encore toutes fraîches dans ma mémoire. J'ai peur que Mme Humphrey apprécie moins ce que j'ai fait ici; elle pourrait me renvoyer ce que je lui ai soumis depuis mon retour... avait avoué Anthéa.

— Tu ne veux pas nous parler des dessins que tu lui as vendus à Londres, c'est bien cela? avait remarqué Chloé.

— Inutile. Vous les verrez! Mme Humphrey m'a promis de m'en adresser un exemplaire dès qu'ils paraîtront.

— Alors, tu as donné ta véritable adresse? s'était étonnée Chloé.

— Comment faire autrement? Mais je vous assure que personne à Londres ne s'intéresse à ceux qui habitent dans le Yorkshire, à l'exception des messieurs qui, de temps en temps, viennent assister aux courses de Doncaster et des vieilles dames qui viennent prendre les eaux à Harrogate.

Thaïs avait éclaté de rire :

— Et une fois à Harrogate, ils peuvent toujours demander miss Ann Dale!

— Ou le vilain petit canard, avait ajouté Chloé.

— Effectivement, c'est ma sauvegarde.

Anthéa se souvenait de cette conversation avec ses sœurs tandis qu'ayant posé son rond de pâte dans le moule beurré, elle en pinçait artistement les bords.

Elles raffolaient toutes de la tarte aux pommes et Anthéa avait profité de leur absence pour leur en faire la surprise.

Chloé et Phébé étaient allées prendre leurs leçons et Thaïs avait accompagné leur mère à Doncaster. Une ou deux fois par an, un monsieur d'un certain âge, un « écuyer », qui vivait à quatre kilomètres de chez elles, participait à une course de trotteurs à laquelle prenaient part des chevaux et drivers professionnels.

Il invitait invariablement Lady Forthingdale à chaque course. Lorsque le temps de sa retraite obligatoire de veuve avait pris fin, ses filles avaient tenté de la persuader de s'y rendre, cela lui aurait fait le plus grand bien, mais elle avait toujours résisté, sauf cette fois. Elle avait annoncé la veille au dîner :

— J'ai reçu l'invitation habituelle pour les courses de Doncaster et, ma foi... j'irai peut-être. De toute façon, il faut que je me rende à la librairie, je veux acheter des poèmes de Lord Byron. J'en ai absolument besoin.

— Lord Byron? avait demandé Anthéa. Redeviendriez-vous romantique, maman?

— C'est-à-dire que je crois utile pour moi de m'inspirer du talent de Sa Seigneurie pour le poème que j'ai en tête en ce moment. Cela devrait m'aider...

— Je pensais que vous aviez envie de redevenir amoureuse, ne put s'empêcher de lancer Chloé.

— L'amour est une maladie incurable, appuya Anthéa en souriant.

— Et c'est aussi un mal délicieux, ajouta Thaïs qui connaissait aussi bien qu'Anthéa les poètes préférés de leur mère.

Lady Forthingdale se drapa dans sa dignité :

— J'ai l'impression que vous êtes en train de vous moquer de moi. Mais je ne permettrai à aucune de vous de tourner l'amour en dérision! C'est le sentiment le plus merveilleux qui soit et j'espère bien qu'un jour il entrera dans votre vie, à toutes.

Phébé la soutint :

— Nanny a dit un jour, je m'en souviens, que ça portait malheur de se moquer de l'amour.

— C'est parfaitement exact! approuva Lady Forthingdale. Cela me fait penser à quelque chose : je ne t'ai pas encore demandé, Anthéa, si au cours de ton séjour à Londres tu étais tombée amoureuse d'un jeune homme.

— Non, maman. Je ne suis pas tombée amoureuse pour la simple raison que je n'ai rencontré aucun garçon qui fût aussi charmant, séduisant et attirant que papa.

Elle savait que ces mots feraient plaisir à sa mère. Effectivement le regard de Lady Forthingdale se mouilla au souvenir de celui qu'elle avait tant aimé.

Anthéa se reprochait d'avoir menti car, si séduisant qu'eût été son père, le duc d'Axminster l'était encore bien davantage.

La température du four convenait. En y plaçant sa tarte, Anthéa se surprit à penser, avec étonnement, qu'aucune des éblouissantes amies de sa marraine n'était capable de faire la cuisine, pas même un œuf à la coque.

Les imaginant dans cet exercice, vêtues de leurs robes lamées et couvertes de diamants, la jeune fille se mit à rire. C'était peut-être une idée de dessin : la princesse Esterhazy, écarlate, devant un feu flambant, faisant cuire une dinde à la broche tandis que le Prince Régent lui tendait la salière comme il lui eût offert un bouquet d'orchidées...

Un coup à la porte la fit sursauter : peut-être était-ce le facteur lui apportant la lettre attendue du marquis.

Dès son retour elle lui avait écrit pour lui rappeler sa promesse de la tenir informée de tout ce qui se passait dans le monde.

Sans se soucier d'ôter son tablier, elle courut à l'entrée et ouvrit la porte. Un petit cri de surprise lui échappa : devant la maison stationnait un élégant phaéton attelé de quatre chevaux. A l'arrière, debout, se tenaient deux valets de pied en livrée bleu et or. Sur le chemin, à une vingtaine de mètres, s'avançait une berline de voyage, également traînée par quatre chevaux et escortée de deux valets de pied.

Saisie, Anthéa n'en croyait pas ses yeux; le domestique qui avait frappé à la porte lui lança d'un ton arrogant et supérieur :

– Sa Grâce le duc d'Axminster vient rendre visite à Lady Forthingdale. Milady est-elle chez elle?

Sans aucun doute possible, il la prenait pour la servante.

Avant qu'elle ait pu répondre le duc avait mis pied à terre et s'approchait.

– Veuillez excuser mon arrivée impromptue, miss Forthingdale. Elle doit être pour vous une réelle surprise.

– Une surprise... oui, répéta-t-elle platement.

– Il est évident que vous ne m'attendiez pas. J'ai écrit à votre mère voilà trois jours, mais le service des postes est lamentable. Je suppose qu'elle n'a pas reçu ma lettre?

En la voyant en tablier, le mouchoir sur la tête, il avait immédiatement compris qu'elle n'était au courant de rien... Anthéa réalisa qu'elle devait être en effet très curieusement fagotée aux yeux du duc et elle ne put que balbutier en rougissant :

– Non, non... maman n'a... rien reçu de vous... et justement elle est sortie... pour l'après-midi.

– J'ose espérer cependant que j'aurai le plaisir de la connaître?

Anthéa retrouvait peu à peu son sang-froid :

– Puis-je vous prier d'entrer, Votre Grâce?

– Merci.

Il pénétrait dans le hall tandis qu'Anthéa enlevait prestement son mouchoir de sa tête sans penser, tant elle était déconcertée, à ôter son tablier. Ouvrant la porte du salon, elle constata avec soulagement qu'il était à peu près en ordre.

Les trois larges fenêtres étaient ouvertes sur le jardin et un frais parfum de fleurs embaumait l'air : la veille, Anthéa les avait cueillies pour en garnir les vases posés sur les guéridons et les tables qui meublaient la pièce.

Elle se dirigea vers la cheminée et avança un fauteuil confortable en demandant :

— Vous vous rendez probablement aux courses de Doncaster?

C'était la seule explication qu'elle pouvait trouver à la présence du duc dans les parages. En même temps, du geste, elle lui désignait le fauteuil.

— J'ai l'intention, il est vrai, de passer la nuit chez Lord Doncaster, qui est l'un de mes lointains cousins, mais les courses importantes n'auront lieu que le mois prochain.

— Ah, c'est vrai... j'oubliais.

Un silence s'établit, que le duc rompit assez vite :

— Puisque votre mère est absente, peut-être pourrais-je vous expliquer ma présence ici? Ne serait-ce pas le mieux?

— ... Vous expliquer?

— Vous donner la raison de ma visite...

Elle pensa qu'il apportait un message de sa marraine. Cependant, il semblait hésiter et il cherchait ses mots. Que pouvait-il bien avoir à lui dire?

— Dans ma lettre, qui aurait dû vous parvenir, je demandais à votre mère l'autorisation de vous faire ma cour, annonça soudain le duc.

Les yeux d'Anthéa s'agrandirent de stupeur. Il lui fallut quelques secondes pour retrouver sa voix :

— Je... je crains de... de mal comprendre?

— Je vous demande de bien vouloir m'épouser, miss Forthingdale, précisa le duc.

Le silence retomba, total, qu'elle rompit enfin d'une voix étrange :

— C'est... c'est une plaisanterie?

— Je vous affirme que je suis on ne peut plus sérieux.

Le tremblement intérieur qui avait saisi Anthéa cessa. Elle lança durement :

— Et pourquoi voulez-vous m'épouser?

D'un ton léger il répliqua :

— Il est temps pour moi de prendre femme et il

m'a paru, lors de votre séjour à Londres, que nous devrions nous convenir parfaitement.

Anthéa, qui avait pris place face au visiteur, se leva d'un bond :

— Je ne veux pas croire, Votre Grâce, qu'il soit dans vos intentions de m'insulter!... Mais je ne peux en aucune façon... vous accorder ce que vous me demandez... si vous êtes sincère. Cette proposition, aussi extraordinaire qu'inattendue... ne me paraît pas, venant de vous, très sérieuse.

Il protesta :

— Pourquoi pas? Je suis considéré comme un homme sérieux et des plus acceptables par les familles les plus nobles.

— De cela, je suis au courant. Mais Votre Grâce doit comprendre que certaines raisons... font que... que je ne peux envisager une telle... perspective sans... une certaine répugnance!

Elle savait qu'il donnerait à ce mot son véritable sens, qui n'avait rien d'outrageant pour lui, mais qui dévoilait très exactement ce qui se passait dans son esprit en cette minute.

Comme il ne répondait rien, se contentant de la regarder fixement, elle détourna les yeux en affirmant :

— Je crois que... que nous n'avons rien de plus à nous dire, Votre Grâce. Et comme ma mère ne sera pas là avant plusieurs heures, il est inutile que vous perdiez davantage de temps à l'attendre.

Elle n'avait qu'un désir : le voir partir et le plus vite possible. Elle ne parvenait pas à imaginer ce qui l'avait poussé à venir demander sa main. Mais ce qu'elle savait, c'était que, s'il rencontrait sa mère, il lui deviendrait impossible à elle de mettre en cause les relations coupables du duc et de la comtesse pour expliquer son refus d'un mariage aussi inespéré.

Elle voulait absolument rester loyale envers sa

marraine, et elle se félicitait que le hasard lui eût permis d'être seule à la maison pour recevoir le duc.

Maintenant, il fallait qu'il parte au plus tôt. Elle ne voulait pas avoir à inventer des mensonges pour justifier sa présence.

– Allez-vous-en... supplia-t-elle.

Il changea de visage :

– Je crois préférable de me montrer envers vous d'une totale franchise, commença-t-il alors. J'aurais voulu éviter de vous dire pourquoi je fais cette démarche mais je pense que c'est l'unique façon de vous en faire admettre la nécessité.

La colère, cette fois, enflamma Anthéa :

– Je ne vois pas ce que vous pourriez me dire qui puisse modifier ma décision! Laissez-moi vous dire clairement qu'aucun argument ne me convaincra de devenir votre femme, et si vous ne voulez pas me contraindre à vous donner des explications devant ma famille, le mieux est que vous quittiez cette maison au plus tôt, répondit-elle.

Tout en parlant elle regarda la pendule et constata avec soulagement qu'il n'était que deux heures. A moins d'un incident imprévisible, Thaïs et Chloé ne seraient pas là avant au moins une heure. Quelle histoire, si elles voyaient cet équipage devant la maison!

– Je crois que vous êtes très attachée à votre marraine? demanda le duc sur un ton qui surprit la jeune fille.

– C'est exact. Je l'aime beaucoup.

– S'il vous appartenait de la tirer d'une situation fort déplaisante, voire d'un scandale susceptible de ruiner totalement sa vie, vous n'hésiteriez pas?

– Non, naturellement. Je... je ferais mon possible. Mais je...

– Le comte de Sheldon a menacé votre marraine de divorcer en me citant comme son complice devant le Parlement, à moins qu'il ne l'enferme au château de Sheldon sans plus jamais l'autoriser à paraître à Londres, acheva le duc.

Il avait dit cela froidement, comme un simple constat, et sans montrer la moindre émotion.

– Oh! pauvre Delphine! Que s'est-il passé? Pourquoi le comte fait-il une chose pareille?

– Je sais que vous avez vu ces ignobles caricatures dont le comte fait collection...

Anthéa fit oui de la tête, les lèvres soudain sèches.

– L'une d'elles est à l'origine du drame. Elle nous montre, la comtesse et moi, de telle façon que le comte s'en est trouvé fort offensé.

Anthéa, le cœur battant, retenait son souffle.

– La seule possibilité, pour votre marraine, de convaincre son mari, fut d'affirmer au duc que je n'avais assidûment fréquenté l'Hôtel de Sheldon en son absence qu'afin de vous y rencontrer. Et que, d'ailleurs, nous nous étions fiancés.

– Et... il l'a crue?

– Du moins est-il d'accord pour accepter une telle explication, à la condition toutefois que vous et moi soyons rapidement mariés.

Anthéa alla lentement jusqu'à l'une des fenêtres d'où elle fixa, sans les voir, les fleurs du jardin. Elle avait encore peine à croire que ce qu'elle venait d'entendre fût la vérité...

Elle entendait la voix du marquis lui affirmant qu' « une bonne plaisanterie qui provoque le rire aux dépens de quelqu'un n'est pas mortelle ». Or son dessin, *Le Grand Amour des petites chattes*, pouvait provoquer un drame et contraindre le duc, en conséquence, à la demander en mariage.

Son dessin!... Elle l'avait fait deux jours après la soirée au Almack. Le duc avait paru si ennuyé de devoir danser avec elle... Durant la nuit, il s'était introduit à l'Hôtel de Sheldon, comme un voleur, pour rejoindre la comtesse.

Elle l'avait détesté et avait voulu se venger en le caricaturant sous les traits d'un animal arrogant et dominateur. Elle ne se souciait aucunement de le blesser. Il le méritait, certes, mais à aucun moment elle n'avait voulu faire du tort à sa marraine, ni lui causer le moindre chagrin.

Delphine s'était montrée bonne envers elle, généreuse, et elle lui en conservait beaucoup de gratitude. Aujourd'hui, elle ne voyait nulle autre façon de payer sa dette et de se racheter qu'en épousant le duc.

« Mais comment pourrais-je?... Comment pourrais-je? » se répétait Anthéa avec désespoir.

Elle était sûre que le duc n'avait pas menti et elle ne pouvait douter que les menaces du comte fussent sérieuses. Elle n'avait pas vécu pendant un mois à l'Hôtel de Sheldon sans s'apercevoir qu'en vérité, la comtesse craignait son mari. Les domestiques, eux-mêmes, le redoutaient et parlaient de lui comme d'un homme dont l'autorité pèse même en son absence.

Bien qu'Anthéa eût entendu nombre de propos sur sa marraine, dont quelques-uns plutôt malveillants, jamais elle n'avait surpris un mot de dénigrement au sujet du comte. Si l'on en parlait, c'était toujours avec respect, parfois avec un soupçon d'animosité, mais en aucun cas avec la volonté de rabaisser un homme qui, visiblement, était l'objet de la considération de tous.

Derrière Anthéa la voix du duc murmura :

– Si vous faites cela pour votre marraine, je puis vous affirmer que non seulement elle vous en sera extrêmement reconnaissante, mais que moi-même je vous en saurai un gré infini et vous le prouverai en toute occasion.

Elle se retourna pour interroger :

— Mais comment pourrions-nous former un couple, vous et moi, dans de telles conditions ?
— Pour ma part, je n'y vois aucune difficulté.

Il avait dit cela sur un ton légèrement agressif et péremptoire. En une phrase, dite sur un certain ton, il répondait que n'importe quelle femme, à qui il eût fait semblable proposition, l'aurait acceptée avec gratitude et empressement, de la part d'un homme comme lui, et sans se poser la moindre question.

Mais Anthéa continuait à penser qu'elle avait de fort bonnes raisons pour ne pas être éblouie comme d'autres auraient pu l'être. Le hasard l'avait informée de la vie amoureuse du comte et elle ne pouvait donc s'imaginer, comme d'autres, qu'il l'avait remarquée et choisie entre toutes...

Elle se souvenait trop bien de ce qu'elle avait ressenti lorsqu'elle avait vu le duc monter à la chambre de sa marraine. Elle entendait encore son ton railleur qui lui conseillait de ne pas se mêler de ses affaires.

L'idée la traversa que si elle avait trouvé à Londres le mari qu'elle était allée y chercher, rien ne prouvait que celui-là n'aurait pas, lui aussi, caché quelque maîtresse dans son armoire !

D'autre part, elle ne pouvait en vouloir à personne d'une mésaventure dont elle était la seule responsable. Comment avait-elle pu être assez folle pour laisser cette caricature dans le lot qu'elle avait vendu à Mme Humphrey ! C'était stupide, et en même temps ingrat et déloyal... En réalité, elle l'avait complètement oubliée ! Quand Mme Humphrey lui avait annoncé : « Je prends le tout ! » sa joie lui avait fait perdre la tête. Elle ne s'était pas souvenue de ce dessin qui datait de son arrivée à Londres.

Anthéa n'était pas méchante, au contraire. Elle avait une bonne nature. Le malheur ou la souffrance des autres l'atteignaient profondément. Elle ne pouvait supporter sans larmes de voir des gens maltraités ou privés du nécessaire. Elle écoutait avec patience et compassion les villageois lui raconter leurs misères, et elle faisait son possible pour leur venir en aide.

Maintenant, sans l'avoir voulu, parce qu'elle avait été médusée par l'argent qu'on lui offrait, elle avait mis la comtesse au désespoir! Simplement, en s'amusant à dessiner une caricature qui la vengeait un tout petit peu du dédain d'un homme... Mais le mal était fait et il était trop tard pour les regrets.

Le duc insistait :

– Je ne puis croire que vous aurez le cœur assez dur pour ne pas venir en aide à votre marraine...

Elle avait la gorge trop serrée pour répondre. Il supposa, acide :

– Peut-être attendez-vous que je sollicite votre main à genoux, pour satisfaire aux conventions romanesques?

L'ironie de son ton fustigea Anthéa qui se retourna d'un bloc :

– Nous ne sommes pas au théâtre, Votre Grâce! Vous avez été franc avec moi, je le serai donc avec vous. Je n'ai aucune envie de vous épouser, mais étant donné les circonstances, je considère qu'il m'est impossible de refuser.

Le duc esquissa un sourire :

– Je pensais que vous seriez raisonnable. Et je puis vous assurer, miss Forthingdale, que je ferai tout ce qui me sera possible pour vous rendre heureuse.

– Merci.

Ils se mesuraient du regard comme deux adversaires, chacun bien décidé à l'emporter sur l'autre. Le duc poursuivit :

– Je suppose que vous désirez être seule pour apprendre la nouvelle à votre mère? J'espère qu'elle sera assez aimable pour me recevoir demain après-midi afin que nous arrêtions ensemble les détails du mariage.

– Cela vaudrait mieux, en effet.

– Je vais donc continuer mon voyage, mais permettez-moi de vous remercier très sincèrement d'avoir accepté ma proposition... Je puis vous assurer que votre marraine vous en aura autant de reconnaissance que moi-même! Vous nous tirez d'un bien mauvais pas. Cette situation n'aurait pu provoquer que des malheurs et des larmes autour de nous...

Anthéa savait qu'il faisait allusion à sa propre famille et surtout à celle de la comtesse qui avait trois enfants.

Le duc devait avoir une parenté nombreuse et Anthéa imagina que ses membres seraient fort surpris lorsqu'ils apprendraient qu'il avait épousé « une certaine petite Forthingdale, qui vit dans le Yorkshire, ma chère »!

Ils n'avaient plus rien à se dire et c'est à cet instant seulement qu'Anthéa prit conscience qu'elle avait gardé son tablier... Ce détail, et l'aspect plus que modeste de la maison, lui firent paraître, par comparaison, le duc plus grand et plus puissant que jamais.

Alors qu'ils se dirigeaient vers la sortie, le duc remarqua, au-dessus de la cheminée, le portrait de Sir Walcott.

– C'est votre père?

– Oui.

– Je vois qu'il était dans les Ecossais Gris.

– Oui.

– J'ai compris, d'après ce que m'a dit votre marraine, qu'il avait été tué. A Waterloo peut-être?

– Oui.

– J'ai assisté à la charge. C'était magnifique. Je ne crois pas qu'il y ait, dans toutes les annales de l'Empire, une bataille aussi glorieuse et aussi splendide.

– Vous étiez à Waterloo? s'étonna Anthéa.

– J'y étais. Il faudra que nous en parlions, plus tard. J'aimerais bien en savoir davantage sur votre père.

Anthéa comprit qu'il cherchait à réchauffer l'atmosphère entre eux, mais elle se sentait glacée à l'intérieur.

Elle ouvrit la porte avant qu'il l'eût atteinte et aspira une grande bouffée d'air pur.

Devant le tableau qu'offrait l'équipage du duc, avec ses ors, ses couleurs vives, ses valets en livrée chamarrée, elle se dit qu'elle n'avait rien de commun avec cet homme trop beau, trop sûr de lui, trop riche, dont la supériorité lui paraissait si écrasante.

– Nous nous verrons demain, ajoutait-il.

Il lui avait pris la main et la portait à ses lèvres :

– Permettez-moi de vous dire encore une fois combien je vous suis reconnaissant d'agréer ma demande.

Elle ne répondit pas. Elle le regarda monter en voiture, suivit des yeux le cortège qui reprenait la route puis, ayant refermé la porte, elle s'y adossa, cacha son visage dans ses mains.

Comment, avec un seul de ses dessins, avait-elle pu provoquer un tel bouleversement dans la vie de Delphine, dans celle du duc et dans la sienne propre? Comment avait-elle pu être assez naïve, assez sotte, pour croire que l'on peut caricaturer des gens de cette importance sans en subir les conséquences?

Elle n'avait fait cela que pour distraire ses sœurs, sans mesurer la malignité que renfermaient ses dessins. Elle n'avait cherché qu'à se montrer spirituelle. Comme « les petites » ne connaissaient pas sa marraine, elle avait pensé que nul ne saurait qui faisait les frais de cette plaisanterie. Aussi n'avait-elle pas hésité à accentuer les traits caractéristiques de ses personnages pour leur donner le meilleur relief.

Elle avait procédé de même pour chacune de ses caricatures et, maintenant, elle se rendait compte qu'elle risquait d'avoir gravement offensé nombre de personnages importants... Lord Alvanley, par exemple, qu'elle avait montré mangeant de la tarte aux abricots, ou éteignant sa chandelle en la fourrant sous son lit... Cela ferait rire beaucoup de gens, mais sûrement pas le principal intéressé!

Et le colonel Dan Mac Kinnon, fouillant dans un carton rempli de mèches de cheveux tenues par de petites faveurs, et disant : « Il faut absolument que je trouve une femme albinos, sans quoi ma collection restera incomplète. »

Une autre caricature le montrait déguisé en sultan et entouré de ses concubines. Chacune avait le visage d'une femme qu'il avait répudiée. Le marquis de Chale s'était fait un plaisir de les désigner à Anthéa au cours de leurs soirées dans le monde.

Elle se demanda si elle ne devrait pas se rendre en hâte à Londres pour prier Mme Humphrey de lui rendre les caricatures qui n'avaient pas encore été publiées. Certes Mme Humphrey s'était montrée très aimable et très gentille avec elle, mais c'était avant tout une femme d'affaires. Elle avait payé les droits de l'album entier et elle n'allait pas renoncer facilement au profit qu'elle comptait en tirer, sous prétexte que le premier dessin mis en vente créait quelques difficultés à son auteur!

Pour l'instant, conclut Anthéa, personne ne sait encore que c'est moi qui ai fait cela. Mais elle eut un frisson d'horreur en imaginant la rage et peut-être la haine du duc s'il apprenait un jour qu'au lieu de lui avoir de la reconnaissance il avait le droit de la rendre entièrement responsable de la situation dramatique dans laquelle la comtesse et lui s'étaient trouvés...

Il faut absolument que je répare le mal que j'ai fait et que je les sauve.

Mais cela signifiait qu'elle allait épouser le duc et se mettre entièrement sous sa dépendance. Et cet homme risquait un jour de la haïr et de la mépriser. Si sa marraine craignait l'autorité du comte, combien devrait-elle craindre, elle, celle du duc d'Axminster, le jour où il déciderait de se venger d'avoir été contraint de la prendre pour femme!

Anthéa se souvenait de la froideur méprisante qu'il lui avait témoignée au Almack, simplement parce que la comtesse l'avait obligé à faire danser sa filleule. De quelle cruauté mentale ne serait-il pas capable dans l'avenir?

Je ne supporterai jamais de passer toute ma vie auprès d'un tel homme...

Un bruit de voix dans le hall l'arracha à ces sombres pensées : Chloé et Phébé étaient de retour.

5

Debout devant le miroir, en robe de mariée, Anthéa ne parvenait pas à croire que ce reflet était le sien : elle se trouvait séduisante, presque belle. Cette robe lui avait été offerte par sa marraine, et c'était certainement celle dont devaient rêver toutes les jeunes filles sans imaginer pouvoir jamais se l'offrir.

Un voile de dentelle l'accompagnait, qui appartenait à la famille du duc depuis des générations. Une couronne de fleurs en diamants le maintenait sur ses cheveux.

– Je n'aurais jamais cru que l'on pût faire d'aussi jolies choses! C'est une toilette de conte de fées, s'était exclamée Thaïs peu avant de quitter la maison pour se rendre à l'église.

En vérité, les sœurs et la mère d'Anthéa étaient restées suffoquées lorsqu'elle leur avait appris, non sans embarras, qu'elle allait épouser le duc. Puis, trois secondes plus tard, un pépiement assourdissant de volière avait éclaté :

– Le duc d'Axminster? Mais tu n'en parlais pas dans tes lettres! Pourquoi ne nous as-tu rien dit de lui? Comment peux-tu être aussi cachottière?

La lettre du duc était arrivée le lendemain, alors qu'il avait déjà fait connaissance de toute la famille.

Anthéa s'attendait à ce qu'il fût aussi antipathique à ses sœurs qu'il l'avait été à elle-même. A son grand étonnement, il se montra charmant.

Chloé le trouva « exactement tel qu'elle imaginait un duc », Thaïs le jugea « plus séduisant et plus beau qu'aucun des héros de roman de ses lectures ». Lady Forthingdale fut touchée par le respect et l'estime qu'il témoigna en lui parlant de son époux défunt :

– C'est exactement, Anthéa, le mari que ton pauvre père eût choisi pour toi s'il était encore de ce monde, lui avait-elle affirmé.

S'étant aperçu qu'aucune servante n'était à demeure, il avait apporté un repas délicat que personne n'avait eu besoin de cuisiner et il avait insisté pour que ses propres gens fissent le service.

Pour la première fois de leur vie, les sœurs Forthingdale avaient mangé du foie gras, de la tête de marcassin en gelée, des entremets et des gâteaux qui n'avaient rien de commun avec les préparations culinaires auxquelles elles étaient habituées. Des fruits exotiques provenant des serres de Lord Doncaster, des chocolats fins et des bonbons fourrés leur avaient, de plus, été offerts.

Quant à Lady Forthingdale, elle avait reçu plusieurs volumes de poésies, sous reliures de cuir gravé, provenant de la librairie la plus renommée de Doncaster.

C'est de la corruption! jugeait Anthéa. Il est en train d'acheter ma famille de la même façon que ma marraine m'a achetée pour obtenir mon silence!

Cependant, elle devait convenir qu'il aurait pu s'éviter tous ces cadeaux puisqu'il était d'ores et déjà agréé par elle et par sa mère. Elle entendait rester froide et lucide face à l'enthousiasme que témoignaient ses sœurs.

Chloé, qui avait jusque-là gardé envers lui une

certaine réserve de bon ton, devint brusquement la plus expansive, au point de lui sauter au cou pour l'embrasser sur les deux joues lorsqu'il lui annonça qu'il allait lui offrir un cheval et un valet d'écurie qui s'en occuperait. Il réalisait ainsi, d'un seul coup, la plus grande et la plus inespérée des ambitions de la jeune fille.

– Merci, oh! merci... C'est la chose la plus fantastique que vous pouviez m'offrir.

D'abord surpris par cette attaque brusque, le duc avait souri :

– Si j'ai droit à une telle démonstration de sympathie pour un cheval, que ferez-vous quand vous recevrez un collier de diamants?

– Je ne veux pas de collier! Je préférerais une écurie entière!

– Vous changerez d'avis en prenant de l'âge, croyez-moi! Toutes les femmes aiment les diamants.

Anthéa supposa quant à elle qu'il lui offrirait un solitaire, choisi parmi les bijoux de famille, mais elle se trompait. Il lui fit cadeau d'une bague exécutée tout spécialement pour elle, et qui lui appartiendrait donc en propre.

Aussitôt que leur engagement eut été rendu public et annoncé par la *Gazette de Londres*, le duc rentra chez lui. Quoique soulagée par son départ, Anthéa songea avec appréhension qu'elle allait devoir faire face toute seule à la curiosité du voisinage. Car, chose bizarre, les gens qui les ignoraient jusqu'à maintenant se vantaient soudain d'être de leurs amis. Anthéa ne savait même pas qu'ils existaient auparavant; elle n'avait jamais entendu parler d'eux jusque-là, néanmoins elle recevait chaque jour de nombreuses invitations à des bals et des réceptions. Cela d'un bout à l'autre du Yorkshire.

– Comme ils sont gentils! s'exclamait Lady Forthingdale.
– Gentils? Ils ne sont pas gentils, voyons, maman. Ils cherchent à compter désormais parmi nos relations parce que je vais épouser un duc. Jusqu'ici, vous ont-ils montré beaucoup d'égards?
– Oh... Ils devaient penser que nous étions encore en deuil.

Anthéa protestait :
– Vous trouveriez des excuses au diable en personne. Je préférerais jeter leurs invitations au feu sans même me donner la peine de leur répondre.
– Laisse-moi te dire que ce serait très méchant, ma chérie. Et même si le duc et toi n'envisagez pas d'accepter, il est bon pour Thaïs, et plus tard pour Chloé, de figurer sur leurs listes d'invitation.
– Elles y figureront, n'en doutez pas, et dans un proche avenir.

Anthéa gardait néanmoins difficilement cette attitude car, dans les jours qui suivirent, les cadeaux commencèrent à affluer, accompagnés de mots trop chaleureux pour qu'on pût se passer d'en faire cas.

Au reçu d'une paire de chandeliers magnifiques, Anthéa remarqua :
– Cela vient des Leighton. Qui sont-ils?
– Ce nom ne me rappelle rien sur le moment, répondit Lady Forthingdale. Peut-être sont-ils des amis personnels du duc?
– Le paquet m'est adressé et il a été expédié d'une localité du Yorkshire.
– Invitons-les au mariage.
– Nous ne pourrons jamais faire tenir une telle foule dans notre petite église! protesta Anthéa.

Elle savait que sa mère inviterait néanmoins les Leighton et qu'elle ne pourrait rien contre cette décision.

Elle avait espéré que le duc ne précipiterait pas le

mariage mais elle se doutait bien que la comtesse le harcèlerait jusqu'à ce qu'il ait lieu. Les soupçons du comte devaient enfin être apaisés afin qu'elle retrouve sa liberté perdue.

La cérémonie fut donc fixée à la mi-juillet. Delphine écrivit qu'elle fournirait non seulement la robe de la mariée mais également les toilettes de Thaïs, Chloé et Phébé. Elle joindrait à la robe de mariée un trousseau complet.

La lettre n'arriva pas par la poste : ce fut le duc lui-même qui la remit à Lady Forthingdale, lors de la seconde visite qu'il fit à la famille.

Il arriva tard dans l'après-midi. Lady Forthingdale, au salon, était en train de lire à ses filles le poème qu'elle avait composé en l'honneur du mariage d'Anthéa.

Elle n'en avait lu que les premiers vers lorsqu'un coup à la porte l'interrompit. A la façon impérieuse dont on avait frappé, Anthéa devina qui était le visiteur.

Chloé courut ouvrir et on l'entendit s'exclamer :
– C'est le duc! C'est le duc! Le duc est de retour! N'est-ce pas magnifique?

Elles l'attendaient, certes, mais pas si vite.

Lorsqu'il pénétra dans le salon, avec sa haute taille, et son élégance sans défaut, sa présence parut à Anthéa presque incongrue dans ce décor modeste et un peu délabré. Il s'approcha d'elle, non sans s'être d'abord incliné sur la main de Lady Forthingdale.

L'accueil froid qu'elle lui fit ne parut pas le démonter. Parfaitement à l'aise, il remit à sa mère la lettre de la comtesse, dans laquelle celle-ci indiquait les cadeaux qu'elle avait l'intention de leur faire à l'occasion du mariage.

Tout en lisant, Lady Forthingdale ne cessait de s'exclamer :

— C'est trop gentil!... Oh! elle est vraiment d'une telle générosité!

— Moi aussi, j'apporte des cadeaux, dit le duc, dont le sourire s'accentua lorsqu'il vit les yeux de Thaïs, de Chloé et de Phébé s'illuminer de joie.

— Des pralines! s'écria la plus jeune.

— Oui, et bien d'autres choses encore. On les déballe dans le hall : allez voir. Il y a aussi un présent tout spécialement destiné à votre maman.

Chloé s'avança :

— Allons-y! Maman, venez vite!

Lady Forthingdale protesta un peu, pour la forme, mais elle était elle-même très impatiente et elle suivit ses filles.

Bien qu'elle redoutât de rester en tête à tête avec lui, Anthéa avait trop de dignité pour les accompagner. Le duc précisa :

— Pour vous aussi, Anthéa, j'ai apporté quelque chose.

— Je ne désire rien! affirma-t-elle.

Le duc eut un sourire teinté d'ironie en poursuivant :

— Il paraîtrait fort étrange à tout le monde que je ne vous aie pas fait ce cadeau.

Elle comprit qu'il s'agissait de sa bague de fiançailles et, reconnaissant qu'elle avait été un peu loin, elle rougit.

Il avait sorti un écrin de sa poche. Quand il l'ouvrit, elle vit, non le diamant de famille auquel elle s'attendait, mais un rubis magnifique. Serti de brillants, il semblait brûler d'un étrange feu intérieur. Garth prit la main d'Anthéa et lui glissa l'anneau au doigt :

— J'ai pensé que le rubis vous plairait. Celui-ci ne vient pas de notre patrimoine familial, il est pour vous, et à vous seule.

Parce qu'il avait touché ses doigts, la main d'Anthéa tremblait. Elle le remercia dans un murmure.

– Je veux espérer qu'il vous apportera le bonheur, ajouta-t-il.

Elle eut envie de lui répondre qu'aucun bijou, aucun cadeau n'était capable de créer le bonheur. Elle ne croyait pas en leur pouvoir magique; c'est dans le cœur que se trouve la source de toute joie profonde... Mais sans doute ne la comprendrait-il pas.

On entendait les cris de plaisir qui, dans le hall, saluaient l'apparition des cadeaux.

Bientôt, les sœurs d'Anthéa revinrent au salon, très excitées : elles avaient découvert une collection de livres, une amazone et une cravache pour Chloé, un châle de soie pour Thaïs et, pour Phébé, une foule de petits jouets et de babioles qui la distrairaient pendant des mois.

Anthéa se demandait *qui* avait choisi ces cadeaux. Ce n'était pas nécessairement la comtesse. Le duc avait autour de lui assez de secrétaires et de domestiques capables de discerner ce qu'il convenait d'offrir à des jeunes filles en se fournissant dans les magasins les plus renommés.

Cependant, il avait dû réussir à voir la comtesse puisqu'il s'était chargé de sa lettre. Maintenant que leur mariage proche avait été officiellement annoncé, sans doute le comte avait-il relâché sa surveillance, convaincu que ses soupçons étaient sans fondement... A moins qu'ils n'aient couru le risque de se rencontrer malgré tout, dans l'incapacité où ils étaient de se passer l'un de l'autre, tant ils s'aimaient?

Que pensait réellement la comtesse, au fond d'elle-même, de ce mariage? Bah! quelle folie, quelle présomption d'imaginer qu'elle pût le redouter et en souffrir le moins du monde!

Anthéa se remit, mentalement, à sa place : un

vilain petit canard chez les cygnes, voilà ce qu'elle était pour sa marraine! Comment, avec sa séduction, son allure, ses succès mondains, Lady Sheldon pourrait-elle être jalouse d'une jeune fille? Ce mariage qu'elle avait elle-même arrangé lui convenait parfaitement; il lui permettait de continuer à voir son amant, sans risquer qu'une femme réellement dangereuse devînt un jour l'épouse du duc d'Axminster. Très habilement, au contraire, elle avait pris deux assurances du même coup. Anthéa n'avait vraiment aucune inquiétude à avoir à son sujet.

Debout devant son miroir, en ce jour de ses noces, la jeune fille, dans sa somptueuse robe de mariée, venait de revivre en pensée les quelques étapes les plus importantes de l'étrange itinéraire qui l'avait conduite là où elle en était aujourd'hui : quasiment sur le chemin de l'église, pour épouser un homme qui ne l'aimait pas, qui en aimait une autre et qui ne l'épousait que pour sauver cette autre en même temps que leur amour.

Mais il fallait avouer qu'il jouait bien son rôle. Toute la famille était convaincue qu'il était tombé amoureux fou d'Anthéa dès leur première rencontre.

Ce qui avait fait dire à Lady Forthingdale :

– C'est ce qui s'est passé entre ton père et moi, ma chérie! J'ai beaucoup prié pour que cela t'arrive aussi. Le Ciel m'a exaucée.

Anthéa sourit tristement à son reflet, haussa les épaules :

Pauvre maman, songea-t-elle. Faites votre bonheur de cette certitude. Mon mariage m'aura au moins apporté cela. Vous êtes heureuse...

Quelques minutes plus tard elles prenaient le chemin de l'église.

Le colonel du régiment de son père avait fait exprès le voyage pour conduire Anthéa à l'autel. Il y aurait sans doute énormément de monde à la cérémonie. Les villageois ne pourraient jamais trouver place dans la toute petite église où les gens importants seraient installés de droit; les relations du duc, qui habitaient dans les plus belles propriétés à cent kilomètres à la ronde, seraient placées les premières. Lord Doncaster, à lui seul, avait réuni dans son château près d'une trentaine d'invités.

D'abord effrayée par la perspective d'une telle foule, Anthéa s'était persuadée qu'elle devait prendre les choses avec calme et même une certaine indifférence.

Ce mariage n'en était pas un, il s'agissait d'une simple formalité. Un moyen pour le duc de se tirer d'affaire, et pour elle de payer sa dette. Car enfin, de quel droit Anthéa nourrirait-elle amertume et ressentiment? Tout était de sa faute. Elle ne pouvait blâmer personne qu'elle-même.

Selon sa promesse, Mme Humphrey lui avait envoyé un exemplaire du *Grand Amour des petites chattes*, ainsi que d'autres albums, publiés en même temps. Elle les avait jetés au feu aussitôt reçus. Elle avait eu une peur terrible que ses sœurs ne parlent au duc de son talent de caricaturiste, et leur avait fait jurer solennellement de n'en souffler mot à quiconque :

— Garth ne me pardonnerait jamais s'il apprenait que j'ai gagné de l'argent en caricaturant des gens qu'il connaît et qui pourraient m'en garder rancune... Il faut avouer que, de ma part, ce n'était pas très joli.

— Pourquoi? Cela l'amuserait peut-être, comme cela nous a amusées? avait protesté Thaïs.

— Non! Il en serait profondément choqué. Et, à moins que vous ne vouliez ruiner mon bonheur, je vous adjure de vous taire.

Elle savait que désormais elle n'avait plus rien à craindre de ce côté. Pour plus de sûreté elle avait également pris dans le secrétaire de sa mère toutes les lettres qu'elle avait envoyées de Londres et les avait aussitôt brûlées. Elle avait parfois esquissé dans les marges de petits dessins anodins, et si le duc les voyait, ils risquaient de lui rappeler une facture de trait susceptible de le mettre sur la voie.

Il ne restait plus à Anthéa qu'à prier pour que nul ne parvînt à identifier la duchesse d'Axminster comme étant « le vilain petit canard » tapi au coin de certains dessins... Et à renoncer à jamais à sa carrière de caricaturiste.

La maison des Forthingdale était trop petite – et trop modeste – pour qu'on pût y donner la réception qui, dans l'après-midi, devait succéder à la cérémonie nuptiale. Il avait donc été décidé qu'elle aurait lieu au château des Doncaster, situé à une heure de route de l'église.

Comme les nouveaux époux avaient à faire un long voyage, le duc avait jugé préférable de ne pas y assister.

– Je ne pense pas, avait-il dit à Anthéa, que nous perdions grand-chose à laisser les autres s'amuser sans nous. Je n'ai vraiment pas envie de faire un petit discours et encore moins d'en entendre.

Elle avait approuvé :

– Je vous comprends fort bien, et je partage votre point de vue.

Ils avaient donc décidé de retourner seuls à la maison, d'y prendre un léger repas, après quoi Anthéa échangerait sa toilette de cérémonie contre un confortable ensemble de voyage.

Ceux qui avaient assisté au mariage devaient se retrouver chez les Doncaster, où les attendaient un énorme gâteau de deux mètres de haut et un fastueux repas qui ne se terminerait vraisemblablement que fort tard dans l'après-midi.

Chloé s'était indignée, s'adressant à sa sœur :

– Comment peux-tu accepter de te priver de tout ça?

– Je ne crois pas que je trouverais grand plaisir à en profiter.

Thaïs l'avait approuvée :

– Tu es stupide, Chloé! Anthéa a surtout envie de profiter de son mari en tête à tête. Moi, je ferais comme elle. Les nouveaux mariés se moquent un peu de ce qu'on fait autour de leur noce. Ce qu'ils veulent, c'est être seuls.

Anthéa avait approuvé avec un sourire un peu contraint : en vérité, elle tremblait à l'idée de ce face à face. Qu'allaient-ils bien pouvoir se dire? Mais il était essentiel qu'elle eût un comportement normal et ne se laissât pas aller à une crise de larmes. Elle se souvenait du jugement de son père : les hommes détestent les manifestations nerveuses qu'ont habituellement les femmes.

– Les personnes de ton sexe, ma chère enfant, affirmait-il avec un sourire indulgent, adorent les scènes! Mais je t'affirme que tout homme normalement constitué prend la fuite dès qu'il sent venir des reproches, des larmes ou des imprécations...

Elle était donc fermement décidée à éviter ce genre de manifestations.

Une fois dans sa chambre, elle ôta son voile, sa robe et, avant de revêtir sa tenue de voyage, elle resta un instant pensive devant la fenêtre, tandis qu'un rayon de soleil la nimbait de lumière comme pour la bénir.

Fermant les yeux, elle murmura :

– Je joue un rôle dans une pièce qui a été conçue par le destin. Tout ce que j'ai à faire, c'est de prouver mon talent d'actrice. Personnellement, je n'existe plus... pour le moment.

Le duc et la duchesse d'Axminster arrivèrent au château du comte d'Arksey peu après cinq heures.

— Cette bâtisse, de style élisabéthain, du moins au départ, commenta le duc, n'était pas très grande mais à force d'y rajouter des bâtiments au cours des années, on en a fait cette immense chose. Arksey en a redécoré les pièces dernièrement. J'espère que vous la trouverez confortable.

— Plus confortable, en tout cas, sourit Anthéa, que l'auberge de relais qui eût été notre prochaine étape.

— J'ai horreur des auberges de relais.

— Vous ne devez pourtant pas en connaître beaucoup! Lors de mon voyage à Londres, j'ai moi-même été horrifiée. J'avais déjà supporté la diligence...

— Vous avez voyagé en diligence? coupa le duc, surpris.

— Hé oui! Dobbin n'aurait sûrement pas supporté le voyage.

Le duc, qui avait vu Dobbin, approuva en riant.

— Vous oubliez que je suis Cendrillon ou, si vous préférez, Peau d'Ane!

— Vous ne ressemblez à aucune des deux, en cet instant.

Elle dut reconnaître qu'il avait raison. Son ensemble de voyage de satin vieux rose, cadeau de sa marraine, la fée Delphine, l'avait déjà transformée en princesse. Plus tard, après s'être baignée dans une eau parfumée à l'essence de rose, lorsqu'elle se vit parée d'une robe d'intérieur de gaze blanche brodée d'argent, elle eut à nouveau la sensation de jouer un rôle dans une pièce féerique.

Le duc l'attendait dans une grande pièce ouvrant sur une roseraie. Il tournait le dos à la porte. L'entendant, il fit volte-face en souriant :

– Vous êtes ponctuelle. Me permettrez-vous de vous avouer que j'apprécie cette qualité?

– J'ai fait moi-même trop souvent la cuisine pour ne pas penser au chef qui nous a peut-être fait un soufflé ou dont le rôti risque de durcir. Oh! les jolies roses!

Elle s'était approchée de la fenêtre :

– Rien au monde n'est plus beau qu'un jardin anglais comme celui-ci.

– Cela signifie-t-il que vous auriez aimé passer notre lune de miel en Angleterre?

– Non. Vous savez que je suis très désireuse de voir le champ de bataille de Waterloo. Et ce projet compte tellement pour ma mère!

– Je vous désignerai non seulement l'endroit où votre père mourut mais celui où j'ai moi-même été blessé, annonça Garth.

– D'après ce que je crois savoir, vous avez reçu une médaille?

– Celle de Waterloo, oui! Je vous la montrerai à Londres.

Anthéa quitta la fenêtre et s'approcha de la cheminée.

Le duc la suivit du regard :

– Je dois dire que cette robe de dîner vous va à ravir. Elle met en valeur vos rubis.

Elle porta la main à son cou : elle avait presque oublié l'écrin reçu le matin même et qui contenait un collier magnifique, formant parure avec la bague.

– Oh! j'ai oublié de vous en remercier. Veuillez me pardonner, mais j'ai eu tant de choses en tête aujourd'hui...

– Je le crois sans peine. On ne se marie pas tous les jours.

– Dieu merci! Je ne supporterais pas un tel branle-bas chaque année, ni même tous les cinq ans, plaisanta Anthéa.

Le duc hocha la tête :

– Je suppose que nous sommes tranquilles maintenant pour un quart de siècle... jusqu'à nos noces d'argent.

Anthéa pensa qu'il voyait vraiment trop loin mais elle préféra lui demander en riant :

– Après toute l'argenterie que nous avons reçue en cadeaux, que me parlez-vous encore d'argent? Comment allons-nous l'employer, au fait? Nous avons cinquante plats rien que pour les entrées.

– Nous donnerons un grand dîner!

– On peut peut-être réserver quelques plats pour les chiens!

Le duc éclata de rire à cette idée mais, soudain, Anthéa se rappela la caricature qu'elle avait faite de la duchesse d'York : elle l'avait représentée avec ses cent chiens dont l'un pleurait car il n'avait pas de bol.

Elle se sentit blêmir mais, juste à cet instant, on vint annoncer que « Madame la duchesse », était servie.

Le chef du comte d'Arksey s'était surpassé; le repas était accompagné de champagne.

– A votre santé! dit le duc en levant son verre. Vous avez fait la traversée de ce jour pavillon haut, ma chère. Je ne pense pas connaître une seule femme qui eût navigué à travers tant de récifs avec une telle maîtrise de soi.

Il était visiblement sincère et elle se sentit rougir :

– Vous me gênez. Vous-même vous en êtes admirablement tiré, quand on sait que vous étiez, au fond, un marié récalcitrant!

Le duc fronça d'abord les sourcils, devant cette attaque directe qu'il devait considérer comme un manque de tact. Mais après un silence, il répliqua :

– Je me suis senti comme un explorateur qui part

à la découverte d'une terre inconnue. Nous ne savons en vérité que très peu de chose l'un de l'autre et, chacun de notre côté, nous avons un peu trop vécu en solitaires... Vos sœurs, bien que sans le vouloir, vous ont, je pense, servi de chaperons fort efficaces.

– Tout ce que nous avons fait, nous l'avons fait ensemble. C'est vrai. Et je pense que ce soir, elles doivent se sentir bien tristes de se trouver sans moi.

D'un ton amusé, Garth remarqua :

– Imaginez que je sois parti pour la France, non seulement avec ma femme, mais avec ses trois charmantes sœurs! Les commentaires n'auraient pas manqué.

– Elles aussi aimeraient connaître Waterloo.

– Nous les y emmènerons une autre fois.

Elle pensa qu'il disait cela par politesse, sans en penser un seul mot. Maintenant que la formalité de leur mariage était accomplie, il n'allait plus se soucier que de rejoindre la comtesse. Sans doute lui demanderait-il d'aller vivre à la campagne, dans l'une de ses belles propriétés où elle aurait tout le confort possible sans pouvoir intervenir dans sa vie privée à lui.

Comme cette idée la déprimait, elle réagit d'un ton léger :

– Désirez-vous que je vous laisse boire tranquillement votre porto?

– J'espère bien que vous ne me ferez pas cet affront. Je n'ai pas envie de porto, c'est une coutume conventionnelle à laquelle je ne me plie que de mauvais cœur. Je vais plutôt demander au maître d'hôtel de nous servir des liqueurs au salon.

Lorsqu'ils changèrent de pièce, Anthéa, ne sachant pas quel sujet de conversation aborder, affecta de s'intéresser aux bibelots qui ornaient le salon. Ils étaient d'ailleurs précieux et jolis : il y avait toute une collection de tabatières, des miniatures représentant des générations de comtes d'Arksey, et des statuettes en porcelaine de Dresde.

Comme elle s'extasiait sur quelques objets, le duc promit :

— Vous en verrez chez moi, tant à Londres que dans mes domaines, qui vous plairont encore davantage, j'en suis sûr.

— Maman m'a toujours dit que les nobles de haut rang possédaient des merveilles, mais il est difficile de s'en faire une bonne idée tant que l'on n'a pas pu le constater par soi-même, avoua-t-elle.

— Il en va ainsi pour tout! Pour comprendre il faut voir, toucher et sentir. Un sentiment, même décrit par un romancier extraordinaire, ne peut être vraiment perçu que lorsqu'on l'éprouve.

— C'est exact, convint Anthéa. Emotions, chagrins, bonheur, élection du cœur, extase et, évidemment, plus encore, amour, il faut les avoir ressentis pour réellement les comprendre.

— Ou pour en être fort déçu. C'est ce qui arrive le plus souvent, affirma le duc.

— La déception?

— Hé oui! Surtout en ce qui concerne l'amour.

— Mais... voyons... c'est une émotion merveilleuse que celle d'être amoureux!

— Heu... moins qu'on ne se l'imaginait avant de l'être.

— Vous ne devriez pas dire cela! s'indigna Anthéa. Ou vous n'avez jamais dû être vraiment amoureux! Maman raconte que, lorsqu'elle est tombée amoureuse de mon père, et même après, lorsqu'ils ont été mariés, c'était plus beau, plus exaltant, plus délicieux que tout ce qu'elle avait pu rêver auparavant!

— Elle a eu beaucoup de chance!

Décontenancée, Anthéa se tut. S'était-il querellé

avec la comtesse, ou l'avait-elle déçu de quelque façon ?

Ils abandonnèrent le sujet et, après avoir parlé de choses et d'autres pendant quelques minutes, ils décidèrent d'un commun accord de monter à leurs chambres. Anthéa avait très peu dormi la nuit précédente et la journée avait été fatigante.

– D'autant plus, ajouta le duc, que nous avons en perspective pour demain un très long voyage. Je crains que nous ne devions partir très tôt dans la matinée.

– Dans ce cas, je vais me mettre au lit sans tarder.

Il l'accompagna jusqu'à l'escalier, à travers le hall où un valet attendait pour lui remettre un chandelier allumé.

Devant cet homme, Anthéa ne sut comment prendre congé de son mari et se contenta de lui adresser un sourire timide avant de gravir les marches. Le théâtre continuait, pensait-elle en évoquant les deux femmes de chambre qui, certainement, l'attendaient elles aussi tandis que, de chaque côté du grand lit couvert de soie, brûlaient des chandelles sur un socle d'argent.

On lui passa la ravissante chemise de nuit de dentelle que sa marraine lui avait envoyée de Londres, et elle se glissa entre des draps d'une finesse encore inconnue d'elle.

Les femmes de chambre, après avoir éteint tous les chandeliers sauf les deux qui flanquaient la tête du lit, se retirèrent, et elle resta seule, adossée à ses oreillers, regardant la chambre vide.

Elle se sentait vraiment devenue l'une de ces princesses de contes de fées, si nobles et si délicates qu'elles étaient capables de sentir la dureté d'un petit pois à travers l'épaisseur du matelas... Elle eut un petit soupir de satisfaction béate : c'était tout de même agréable, très agréable même, de vivre dans le luxe et de s'apprêter à partir pour l'étranger! De quoi pourrait-elle avoir peur? La cérémonie du mariage s'était admirablement passée, le duc semblait d'excellente humeur. En somme, tout le monde était satisfait.

Elle revoyait la joie de ses sœurs. Comme elles étaient jolies dans leurs robes de demoiselles d'honneur! Et les pleurs de joie de sa mère quand le duc et elle avaient signé le registre, dans la sacristie.

Désormais, elle aurait les moyens de veiller sur sa mère et ses sœurs. Après tout, son idée de faire des caricatures s'était avérée excellente dans ses résultats. Si elle ne l'avait pas eue, elle serait encore en train de se faire du souci pour économiser un sou. Chloé avait un cheval; on allait pouvoir organiser un bal pour Thaïs à Noël : il était inutile « maintenant » d'attendre la grande saison... Et Phébé pourrait faire ses études dans une bonne école.

Souriant à ces pensées roses, Anthéa se tourna sur le côté pour éteindre les chandelles. C'est à ce moment que la porte s'ouvrit devant le duc. Elle le regarda, surprise.

Il portait une robe de chambre de brocart rouge qui seyait à son teint mat. Le col laissait voir un triangle de peau plus clair qui soulignait la fermeté de sa mâchoire.

Ce ne fut que lorsqu'il eut atteint le bord du lit qu'Anthéa s'exclama :

– Qu'est-ce que...? Que venez-vous faire ici?

– Vous ne m'attendiez pas?

– Vous attendre?... Vous ne voulez pas dire que...

Il s'était assis de biais, presque contre elle :

– Vous me paraissez surprise, Anthéa!... Je comprends que j'aurais dû vous parler plus tôt au sujet de notre mariage.

– Mais... à propos de quoi?

En dépit de ses longs cheveux noirs qui la recouvraient presque jusqu'à la taille, la mousseline transparente de sa chemise de nuit ne cachait pas l'attache de ses épaules ni les courbes douces de sa poitrine.

Ses yeux laissaient percer une inquiétude nouvelle. Après un silence, le duc répondit indirectement à sa question :

— Nous nous sommes mariés dans des circonstances exceptionnelles, mais je vous crois, Anthéa, assez intelligente et raisonnable pour comprendre que ce serait une faute grave de ne pas en faire une union normale et semblable aux autres.

— Qu'est-ce que ça veut dire... normale ?

— Cela veut dire que je suis un homme, que vous êtes une femme et que nous devons nous comporter comme se comporte tout couple marié.

— Autrement dit... vous voulez coucher dans ce lit ?... auprès de moi ? Et... me... me...

— C'est ce qui était tacitement convenu, je pense ?... Cela me paraît la seule façon de faire que notre union soit réussie.

Anthéa s'affola :

— Mais vous ne pouvez pas faire ça !... Je ne peux pas vous laisser faire !

— Pourquoi ?

— Mais parce que...

Il lui fallut un moment avant d'achever :

— ... parce que nous ne nous aimons pas.

— Je sais que vous pensez que mon intérêt, sur ce plan, va vers quelqu'un d'autre. Mais, Anthéa, vous êtes en âge de comprendre qu'une épouse a, dans la vie d'un homme, une place à part, très différente de celle qu'y tiennent d'autres femmes.

Têtue, elle protesta :

— Vous êtes amoureux ! Et pas de moi !

Garth réfléchit quelques secondes, puis il proposa :

— Anthéa ! Je vais vous demander une chose assez

difficile, mais... ne pourriez-vous oublier ce que vous avez surpris lorsque vous étiez à Londres?

Elle eut un geste auquel il ne s'arrêta pas :

– Vous avez assez vu le monde maintenant pour avoir appris que les hommes, la plupart d'entre eux du moins, ont des liaisons plus ou moins avouables avant de se marier. En général, leurs femmes, surtout si elles sont aussi jeunes que vous, n'en entendent jamais parler. Or – et c'est peut-être une bonne chose –, de vous à moi, ce n'est pas le cas. Vous connaissez ma vie, et mieux que personne!

– Je vous ai épousé parce que je savais que c'était la seule façon d'aider ma marraine, mais jamais je n'ai envisagé, ni même imaginé, qu'il fallait m'attendre à devenir... réellement votre femme, déclara Anthéa avec fermeté.

– J'avais espéré que vous ne verriez pas les choses ainsi. Vous risquez de rendre nos relations extrêmement délicates dans l'avenir. Sinon franchement impossibles...

– Mais si vous... si vous devenez ainsi mon mari, ce sera en pensant... à ma cousine Delphine, non?

– Non! Je pense à vous. Je pense que vous êtes ma femme...

– Cela ne me paraît pas possible. Comment pourriez-vous, en m'embrassant... même les yeux fermés... ne pas penser : « Ce devrait être Delphine... ce devrait être Delphine »?

Garth pinça les lèvres et Anthéa crut qu'il était furieux. Néanmoins elle continua :

– Ça ressemblera à ce qui se passait entre Nanny et moi quand j'étais enfant et qu'elle m'administrait une purge. Elle me disait : « Pince-toi le nez et tu ne sentiras pas le goût. » Mais ça ne marchait pas!

Cette fois le duc ne put retenir un éclat de rire :

– Franchement, Anthéa, je vous assure que la situation n'a aucun rapport!

– Eh bien, pour moi, si! Je vous dis que c'est la même chose. Et je pense... que c'est mal de votre part... de... de me faire ce genre de proposition.

Il plaida :

– Je vous assure que vous seriez plus raisonnable en l'acceptant.

– Il ne s'agit pas d'être ou non raisonnable! Vous appartenez à ma cousine Delphine. J'ai toujours pensé qu'il était malhonnête pour une femme d'essayer de prendre le mari d'une autre, et comme je ne veux pas me trouver dans cette situation, je me refuse à vous prendre à la femme que vous aimez. Vous êtes à elle... pas à moi! Bien que vous soyez mon mari.

Il se leva d'un bond, alla à la cheminée, puis revint s'asseoir au bord du lit :

– Je n'avais pas imaginé une minute que vous prendriez les choses ainsi, murmura-t-il.

– J'ignore ce que vous imaginiez... et ça m'est égal. Je pense que vous êtes très bel homme. Et vous êtes beaucoup plus gentil que je ne le supposais. Vous vous êtes montré si généreux envers mes sœurs et ma mère... et aussi... envers moi. Mais je... je ne vous aime pas! Comment le pourrais-je?

– L'amour n'est pas indispensable dans le mariage. Vous êtes ma femme, vous portez mon nom. Tout ce que je vous demande, c'est de faire de notre union une relation normale.

– Comment serait-elle normale, si pendant nos étreintes vous pensez qu'il serait beaucoup plus agréable pour vous d'être avec Delphine?

– Oh, Seigneur! pesta le duc exaspéré. Il est donc impossible de vous faire comprendre ce que je veux dire?

A nouveau, il fit un tour vers la cheminée avant de revenir s'asseoir :

– Je ne voudrais pas que vous me croyiez furieux ou à bout de nerfs... Non, ce n'est pas le cas! Je me rends seulement compte que nous ne parlons pas le même langage. Vous raisonnez en femme et moi en homme.

Elle approuva, d'une voix timide et résignée :
— Voilà! C'est ça... Et c'est parce que je suis une femme... que je ne peux pas admettre que vous me touchiez en... en pensant à une autre.

Sur les derniers mots elle flancha, les larmes aux yeux, et c'est sur un ton désespéré qu'elle bredouilla :
— Je suis... désolée!... Vraiment désolée!.... Vous avez été si gentil pour nous toutes... Mais vraiment, non... je ne peux pas.

Elle leva une main vers lui, après s'être éclairci la voix :
— S'il vous plaît, pardonnez-moi. Essayez de comprendre. Je ferai tout ce que vous me demanderez. Je veillerai sur votre confort... Je vous obéirai... Et, parce que je sais que, certainement, vous en avez horreur, je ne vous ferai jamais de scène... c'est la dernière, je vous en donne ma parole... Mais je vous en supplie, ne me touchez pas!

Le duc la considéra en silence un long moment, et elle soutint ce regard comme si elle était incapable de détourner les yeux.

Quoiqu'elle eût fait appel à sa générosité, c'était néanmoins un combat entre leurs deux volontés qui avait lieu. Elle sentit qu'il la dominait, la forçait et attendait qu'elle capitule.

Ce ne fut que lorsqu'il eut acquis la certitude qu'elle était vaincue, que son cœur battait la chamade, et que sa bouche était sèche, qu'il parut s'incliner :
— Très bien, Anthéa. Je vous obéis, je vais dormir dans ma chambre.
— Merci... merci beaucoup! Et, je vous en prie... essayez de comprendre...
— C'est ce que je fais.

- Je le disais! soupira Anthéa, vous êtes plus gentil et plus compréhensif que je ne m'y attendais.

Il était debout et se dirigeait vers la porte.

- Vous n'êtes pas trop fâché? demanda-t-elle.

Elle lui tendit la main. Il revint sur ses pas pour la porter à ses lèvres :

- Peut-être suis-je plus déçu que vraiment fâché... dit-il.

Sur ces mots, il sortit et referma la porte.

6

Laissant Bruxelles derrière eux, ils se dirigeaient, à cheval, vers le champ de bataille de Waterloo.

Rênes en main, Anthéa se disait qu'elle n'avait jamais été aussi heureuse. De jour en jour, ses entretiens avec le duc devenaient plus faciles et le voyage plus exaltant.

Au lendemain de leurs noces, elle s'était sentie un peu crispée et embarrassée, mais elle savait que la pire chose serait de laisser s'établir entre eux une barrière qui les empêcherait de communiquer vraiment dans l'avenir.

Le duc lui-même paraissait désireux de hâter leur départ pour le continent; il n'avait voulu passer qu'une seule nuit dans chacune des riches demeures où ils avaient été reçus. Comme ils y arrivaient toujours tard dans la soirée pour en repartir très tôt le lendemain, après une étape généralement fatigante, ils n'avaient ni l'un ni l'autre le souci d'alimenter une conversation qui eût risqué de devenir fastidieuse et parfois gênante.

Le temps était resté chaud et ensoleillé, aussi le duc conduisait-il lui-même le phaéton, précédé de la berline qui transportait leurs bagages et les domestiques : de cette façon, lorsqu'ils arrivaient à l'étape, ils trouvaient tout préparé et, au cas où le temps se serait gâté, la berline les attendait afin qu'ils s'y réfugient.

Leur équipage faisait sensation dans les villages qu'ils traversaient; les gens les regardaient passer bouche bée, sortant même parfois de chez eux en toute hâte pour les contempler.

A Londres également, ils n'étaient restés qu'une nuit dans le somptueux Hôtel d'Axminster, plein des trésors auxquels le duc avait fait allusion; Anthéa n'avait pas eu le temps de les admirer car, dès le lendemain, de fort bonne heure, ils repartaient pour Douvres où était amarré le yacht personnel du duc qui les emmènerait sur le continent. La mer fut calme et belle, Anthéa, qui redoutait la traversée, en fut quitte pour la peur : elle ne souffrit pas du mal de mer.

Il a beau ne pas être amoureux de moi, pensait-elle en embarquant, quelle honte si je dois lui donner un spectacle aussi indigne et peu ragoûtant que le mal de mer! Quelle horreur!

Le ciel lui avait épargné cette épreuve. Elle en avait été si soulagée que, dans sa joie, elle avait retrouvé son naturel gai et espiègle; plus d'une fois, elle parvint à faire rire son mari qui semblait lui-même d'excellente humeur. Elle se conduisait envers lui comme s'il était quelqu'un de sa famille, le frère aîné qu'elle n'avait pas eu. Puisqu'ils devaient vivre ensemble et que leurs rapports se détendaient peu à peu, le plus simple était de se montrer naturelle.

Anthéa était assez fine pour avoir observé deux choses concernant les hommes : d'abord, ils adorent donner des conseils et instruire les femmes de ce dont ils les croient ignorantes. Ensuite, ils ne détestent pas qu'on les amuse aux dépens des autres, de la façon dont le marquis de Chale l'avait elle-même amusée.

Certes, avec le duc, il n'était pas question qu'elle

fît de l'esprit en se moquant du monde auquel il appartenait, et qu'il connaissait mieux qu'elle-même, mais au contraire en caricaturant en paroles et en gestes des gens dont il ignorait tout.

Usant de son talent d'imitatrice, elle lui présenta donc la vieille Mme Ridgewell, la mendiante du village; le curé empêtré dans ses réponses évasives et contradictoires, lorsque Phébé l'interrogeait sur des sujets que le brave homme aurait préféré éviter; les fermiers constamment en bisbille avec le collecteur d'impôts, essayant de tricher à l'aide de mille astuces; et bien d'autres personnages pittoresques qui semblaient tirés d'un roman paysan imaginé par un humoriste sagace et plein d'observation.

Le duc s'amusait beaucoup de ces portraits mais il se surprit aussi à regarder avec une sorte d'intérêt ravi les fossettes qui se creusaient dans les joues d'Anthéa lorsqu'elle souriait. Cette « lune de miel » était pour lui, bien qu'Anthéa n'en eût pas conscience, une expérience toute nouvelle sur le plan de ses rapports avec les femmes. Il avait l'impression d'avoir auprès de lui une élève attentive, qui écoutait en ouvrant de grands yeux tout ce qu'il lui apprenait et dont les questions incessantes restaient toujours sensées et pertinentes.

Il n'avait pas emmené ses chevaux de selle mais il avait dépêché un courrier qui, les précédant, était chargé de leur trouver un logement confortable et des montures dignes d'eux. Ils voulaient pouvoir aller à volonté en voiture ou à cheval.

Ce matin-là, il avait décidé :

– Je préfère que nous allions à Waterloo en chevauchant plutôt qu'avec le phaéton, si vous le voulez bien.

– C'est-à-dire que... j'aimerais beaucoup moi aussi, mais voilà des années que je n'ai pas monté de bête jeune et fraîche. Je crains que vous ne jugiez bien sévèrement mes dons pour l'équitation.

– Je veillerai à ce que l'on ne vous donne pas un cheval trop fringant.

Plus tard, Anthéa avait été rassurée lorsqu'elle avait examiné la tranquille jument baie qui lui était destinée, tandis que le duc s'approchait d'un étalon plein de feu qui avait visiblement besoin d'exercice.

Mais, en dépit de ses piétinements et de ses ruades, l'animal ne tarda pas à comprendre que la main de fer qui le dirigeait ne le laisserait pas en faire à sa tête. Anthéa comprit, à voir l'expression du duc, à la fois dominatrice et satisfaite, qu'il était enchanté du combat avec l'animal : il savait d'avance qu'il serait le vainqueur.

Dans le trousseau d'Anthéa, la comtesse avait inclus une tenue d'amazone de soie rouge, exactement du même reflet que ses rubis, accompagnée d'une jupe blanche comme le voile qui ceignait le haut chapeau assorti à la veste.

Elle était d'une extrême élégance et en dépit de son air sérieux et concentré, dû à une légère appréhension, le duc la devinait satisfaite de son allure.

Il lui montra en passant, dans la rue de la Blanchisserie, la maison que le duc et la duchesse de Richmond avaient louée avant la bataille et où ils avaient donné le fameux bal immortalisé par Lord Byron dans l'un de ses poèmes.

– Un grand bal à la veille d'une bataille ? s'étonna Anthéa.

– Oui, pour satisfaire le duc de Wellington qui estimait que, psychologiquement, il est excellent d'apparaître en public aussi décontracté qu'à l'ordinaire, comme si la vie continuait... J'étais là lorsque la duchesse de Richmond lui a dit : « Je ne voudrais pas pénétrer vos secrets d'état-major, mon cher duc, mais j'avais l'intention de donner un bal et tout ce que je vous demande est ceci : puis-je quand même le donner ? » Il a répondu : « Duchesse, vous pouvez donner votre bal en toute sécurité, sans craindre que rien vienne l'interrompre. »

– Mais ce n'était pas vrai! s'exclama Anthéa.

– Oui et non. La bataille ne devait pas avoir lieu avant le 1er juillet.

– Vous étiez vous-même dans l'état-major du duc de Wellington?

– Oui. Et j'étais à ses côtés lorsqu'on lui apprit que l'avance prussienne avait été stoppée et repoussée par les Français à moins de quinze kilomètres des Quatre-Bras. Napoléon avait donc déclenché les opérations plus tôt que prévu.

– Quelle angoisse! Et alors, que s'est-il passé?

– Nous étions en plein bal chez les Richmond, quand nous avons appris la nouvelle. Le bruit courut que nous nous mettrions en route au matin. La plupart des officiers présents firent leurs adieux en hâte et rejoignirent leurs postes. Moi, j'attendis mon commandant en chef.

– Vous aviez peur? demanda Anthéa.

– Pas le moins du monde. Nous languissions de nous mesurer aux Français.

Le jeune couple avait depuis longtemps dépassé la ville et approchait du champ de bataille. Anthéa ne fut pas surprise de voir des gens penchés vers le sol, ramassant des souvenirs du combat comme d'autres, sur les plages, ramassent des coquillages.

Elle savait déjà qu'il y avait sur la place du marché des éventaires où l'on vendait des balles, des boutons d'uniformes, des insignes, aux amateurs de souvenirs. Le duc lui avait raconté que des centaines et des centaines d'Anglais venaient chaque mois visiter ce lieu historique. Personnellement, elle n'était pas intéressée par ces menus objets, témoins du massacre où était mort son père.

Le duc poursuivait :

– Je me souviens que le 17 juin, à six heures du

matin, nous grelottions de froid au carrefour des Quatre-Bras, dans un abri de branchages, en attendant des nouvelles. Nous ne fûmes guère réchauffés d'apprendre que les troupes de Blücher avaient été gravement amoindries, la veille, à la tombée du jour.

— Quand commença la vraie bataille?

— Il y eut d'abord un combat terrible pour Hougemont vers midi. Puis fut lancé en avant le quatre-vingt-douzième régiment français.

— Il a bien failli réussir! Ce fut un miracle...

— Oh! oui... Les Gordons supportèrent d'abord le poids terrible de l'ennemi et ils allaient succomber lorsqu'ils entendirent une charge fantastique. Elle martelait le sol, tandis que les hommes, sur leurs chevaux, hurlaient à pleins poumons leur rage de vaincre...

— Les Ecossais Gris! jeta Anthéa.

— Oui, les Ecossais Gris! On n'avait jamais vu, dans toutes les annales de la guerre, une charge de cavalerie pareille et je pense qu'on n'en reverra jamais! Ils entraînaient derrière eux la cavalerie lourde. Le clairon dominait le vacarme. J'entendis tout de même une voix qui hurlait : « A Paris! » C'était comme un tremblement de terre, accompagné du fracas d'un torrent.

— Mais ils sont allés trop loin! gémit Anthéa.

— Oui. Derrière eux, les troupes françaises se refermaient. Ils étaient coupés de l'armée.

— Pourtant, nous avons gagné!

— En dépit de lourdes pertes, ce fut la victoire... Car aucune cavalerie n'avait ouvert ainsi la route à un corps d'infanterie! Je me souviens des paroles de Wellington au cours de cet après-midi, alors que nous avions perdu 2 500 cavaliers : « Axminster, cette victoire est la mienne! Quand les Prussiens arriveront, la guerre sera finie. » Il était exactement quatre heures vingt. Il avait à peine terminé sa phrase lorsque nous entendîmes cracher les fusils des Prussiens.

— Et c'était vraiment fini?

— En vérité, pas tout à fait. Le combat ne cessa que vers huit heures... La nuit était presque tombée quand Wellington et le maréchal Blücher allèrent à cheval à la rencontre l'un de l'autre pour se saluer. Wellington avait eu *sa* victoire.

— Et Napoléon était définitivement vaincu, murmura Anthéa, mais à quel prix! Mon pauvre papa...

Elle ne pouvait plus retenir ses larmes qui, maintenant, inondaient son visage.

— Je hais la guerre! gronda sourdement Anthéa. Oui, je la hais!

— Wellington aussi la haïssait. Il a dit : « Je prie le Seigneur que ce soit là ma dernière bataille. C'est une chose terrible que de devoir toujours tuer ou faire tuer des hommes. »

Anthéa s'était remise à cheval. Elle voulait dissimuler aux regards du duc son visage ruisselant. Rassemblant ses rênes, elle partit en avant. Elle ne voyait le paysage qu'à travers un voile de brume. Sans attendre son mari, sachant qu'il la devinait et ne lui en voudrait pas, elle s'engagea la première sur le chemin du retour. Quand il la rejoindrait, elle retrouverait la force de lui sourire! Elle s'y essaya, pour elle seule, en tamponnant ses yeux du dos de sa main gantée.

Mais Garth ne la rattrapait pas.

Elle se retourna, et c'est alors qu'elle vit l'étalon sur le sol, essayant désespérément de se relever. Contre lui, presque sous lui, le duc gisait, inerte...

Sa propre monture était trop paisible pour tenter de s'échapper. Anthéa la libéra et courut s'agenouiller auprès de son mari. L'ayant retourné, elle constata qu'il était sans connaissance. Ses yeux étaient clos, son front souillé de boue. Du sang coulait d'une blessure à la tempe. En tombant, il avait dû violemment heurter une pierre et c'est le choc qui l'avait assommé.

Le désespoir s'empara d'Anthéa : qu'allait-elle faire, que pouvait-elle tenter pour lui venir en aide ?

Reprenant connaissance, le duc sentit qu'il reposait sur quelque chose de doux.

Une voix de femme, au-dessus de lui, disait :

— Vous voulez m'aider, oui ou non ? Je vous ai promis trois louis. Je suis prête à vous en donner cinq si vous consentez à vous hâter !

La voix s'exprimait en français. Un homme répondait en un patois presque incompréhensible.

— J'irai, d'accord... Donnez-moi un de vos chevaux. Je ferai plus vite comme ça.

— Peut-être pas ! Qu'est-ce qui me garantit que vous reviendrez ?

— Faut me croire, voilà tout.

— Je veux bien vous croire, mais laissez ici nos chevaux.

— Et qu'est-ce qui m'empêche d'en prendre un ?

— Moi, je vous en empêcherai !

Garth sentit qu'Anthéa prenait un des pistolets qu'il portait toujours dans sa ceinture lorsqu'il voyageait.

Elle dut le pointer sur l'homme, car celui-ci grogna :

— Bon, bon !... Mais vous n'êtes pas une femme, vous êtes une guerrière ! Une vraie sauvage !

— Je préfère être une vraie sauvage qu'un détrousseur de cadavres. Compris ? Allez, et tâchez de revenir vite si vous voulez votre argent.

Au soupir que poussa Anthéa, le duc supposa que l'homme avait obtempéré. Il réalisa seulement à cet instant qu'il était couché dans la boue. Au prix d'un grand effort, il parvint à articuler :

– Il faut partir avant... qu'il revienne...

Anthéa eut un petit cri :

– Ah! Vous avez entendu? Mon Dieu!... J'ai cru que vous vous étiez rompu le cou.

– Non, ça va... Accordez-moi quelques minutes... et je pourrai sans peine me remettre en selle.

– Le pourrez-vous vraiment? Après tout, cet homme ne demande sans doute qu'à gagner cinq louis. Il reviendra avec de l'aide, et...

– Je ne pense pas! Aidez-moi simplement à... me mettre debout.

Ce ne fut pas facile. Garth avait surestimé ses forces. Il avait été très commotionné par sa chute et ce ne fut qu'après quelques essais infructueux qu'il y parvint.

Finalement, avec le secours d'Anthéa, il se jucha sur sa selle, mais c'est au pas qu'ils durent cheminer. Elle se demandait d'ailleurs comment il réussissait à garder son équilibre; il devait terriblement souffrir.

Le docteur le confirma après l'avoir examiné dès qu'ils eurent regagné Bruxelles :

– Il lui faut rester alité deux ou trois jours. Les hommes de sa corpulence, grands et forts, tombent lourdement. Il ne s'est rien cassé mais c'est un miracle!

Le retour leur avait paru interminable; Garth était épuisé et, en outre, son cheval boitait. Anthéa se sentait coupable : ne l'avait-elle pas obligé à parcourir en tous sens ce champ de bataille au sol labouré et creusé de trous d'obus dont chacun était un piège pour les montures?

Aussi décida-t-elle de se montrer douce, patiente et gaie, bien que Garth montrât une humeur assez désagréable lorsque, deux jours plus tard, il fut autorisé à se lever quelques minutes. Anthéa se souvenait des leçons de son père : les hommes détestent les soupirs, les airs de martyre et toute dramatisation d'un événement, quel qu'il soit.

Quand il refusa de goûter aux délicieuses pâtisseries qu'elle avait achetées à son intention, elle se mit à rire :

– Eh bien, je les mangerai seule! Si je deviens obèse, je n'aurai qu'à m'en prendre à vous.

Brusquement, le troisième jour, il décréta :

– J'en ai assez de moisir dans ce lit. Je me lève!

Elle protesta :

– Vous ne le ferez pas! Ma nourrice m'a appris que, lorsqu'on a subi une forte commotion, comme la vôtre, et que l'on ne se ménage pas suffisamment, on devient sénile! Vous savez? Comme les vieillards qui tremblotent et qui bredouillent. Vous ne voudriez pas en être réduit à cela, vous, Votre Grâce, le duc d'Axminster!

Il eut une moue désabusée :

– Je me demande si cela aurait tellement d'importance, et pour qui?

– Mais bien sûr, que cela aurait de l'importance! Pour votre lignée, d'abord. Il faut que vous fondiez une famille, que vous laissiez derrière vous toute une ribambelle de petits Axminster des deux sexes pour la pérennité du nom et de la race.

Dans le silence qui suivit, Anthéa se sentit rougir. Le duc la regardait fixement. Par chance, elle entendit dans la rue un orgue de Barbarie et bondit à la fenêtre :

– Oh! il y a un petit singe qui danse, sur l'orgue! Comme c'est pittoresque! Si mes sœurs voyaient cela!

– Il est dommage que vous ne puissiez en faire un croquis pour le leur envoyer.

Cette remarque lui coupa le souffle. Soudain, elle eut envie de tout lui dire, de lui avouer toute la vérité. Pour se libérer... Mais c'était fou! Jamais il ne lui pardonnerait. Or ils étaient devenus de vrais amis pendant ce voyage, bien qu'il comptât sans doute en secret les jours qui le séparaient encore de la comtesse.

Dès qu'ils seraient de retour en Angleterre, le duc reprendrait assurément ses habitudes et ses relations avec les gens de son milieu. Il reléguerait Anthéa parmi les accessoires, la priant peut-être parfois de présider des réunions où il ne lui accorderait que l'intérêt et le respect de pure forme dus à une épouse. Mais c'en serait fini de leur amitié, de cette sorte d'intimité précieuse qui s'était établie entre eux. Elle voulait retarder cette échéance le plus qu'elle pourrait.

– Vos sœurs vous manquent, n'est-ce pas? demanda-t-il.

Comme Anthéa haussait les épaules, sans répondre, il ajouta :

– C'est bien la première fois de ma vie que je me trouve en tête à tête avec une femme qui regrette de n'avoir pas auprès d'elle quelqu'un d'autre.

Elle était sincèrement navrée :

– Ne croyez pas cela. J'ai été très heureuse au cours de ce voyage. Et votre accident m'a donné la possibilité de... rester davantage auprès de vous, de veiller sur vous.

– Moi aussi, Anthéa, j'ai apprécié notre... notre amitié. Vous êtes une jeune fille intéressante. Et j'ai pu constater, à Waterloo, lorsque vous m'avez parlé de votre père, que vous étiez capable de sentiments profonds et fidèles...

– J'adorais mon père. Je l'admirais.

– La plupart des femmes, savez-vous, sont si superficielles! Les sentiments les effleurent mais ne les atteignent pas réellement. Du moins c'est ce que l'on pourrait croire.

Anthéa protesta :

– Parlez pour celles que vous connaissez. Quand

papa est mort, toute une part de maman est morte avec lui. Pour savoir ce qu'est vraiment l'amour, il fallait les voir ensemble, affirma-t-elle avec gravité.

– Et c'est à cela que vous aspiriez vous-même? Excusez-moi d'être venu briser vos rêves...

Elle parut touchée; sa gorge se serra mais, aussitôt, elle réagit et ses fossettes se creusèrent :

– Imaginez ce que diraient vos amis s'ils vous entendaient parler ainsi! Comment! S'excuser auprès d'une demoiselle « On-ne-sait-qui », sortie d' « On-ne-sait-où », de l'avoir épousée, alors qu'elle devrait remercier le Ciel à genoux tout au long du jour d'être devenue la femme d'un duc?

– Si vous dites encore une chose de ce genre, Anthéa, je vous donne une fessée!

– Il faudrait d'abord que vous puissiez m'attraper, et vous en seriez bien incapable, blessé à Waterloo comme vous l'avez été!

Sur cette gaminerie, elle quitta la pièce en courant comme si elle craignait vraiment qu'il ne la rattrapât, tandis qu'il riait de bon cœur. Quelques instants plus tard, il se surprit à guetter la porte dans l'impatience de son retour, mais elle ne revint pas avant la fin de l'après-midi.

Les maux de tête lancinants dont Garth souffrait entre deux périodes de calme les contraignirent à rester à Bruxelles plus longtemps que prévu. Anthéa ne voulait pas repartir avant l'autorisation du médecin, ce qui prolongea leur séjour d'une semaine.

Comme elle avait acheté pour ses sœurs et sa mère de jolis cadeaux, le duc s'étonna :

– Et pour vous-même?

– Oh! moi, je n'ai besoin de rien. J'ai une garde-robe si bien remplie que je n'aurai pas l'occasion de mettre toutes mes toilettes avant qu'elles ne soient démodées.

– Vous êtes très élégante, en effet. Aucun rapport

avec la petite jeune fille que j'ai vue pour la première fois au Almack.

Elle lui rappela :

– Et avec qui vous ne vouliez pas danser... Vous vous y êtes résigné, mais avec quel air d'ennui et de souffrance stoïque!

Dans le ton d'Anthéa, le duc perçut un peu de rancune. Il haussa les épaules :

– Il est exact que j'étais fort mal à l'aise et exaspéré.

– Je vous ai détesté pour votre attitude. C'est la raison qui...

Elle s'arrêta à temps. Elle avait failli avouer : « ... qui m'a poussée à faire votre caricature ». Il la regardait, attendant la fin de la phrase.

– ... j'ai été soulagée que vous n'acceptiez pas de me faire danser le quadrille, acheva Anthéa.

Il comprit que ce n'était pas ce qu'elle avait été sur le point d'avouer, mais il n'insista pas.

Bien qu'il parût remis de son choc, Anthéa avait la certitude que ses maux de tête le reprenaient parfois, brusquement, et avec une certaine violence. Elle le voyait à la crispation soudaine de ses traits.

Comme elle lui parlait encore de repos, sa fureur finit par exploser :

– Je ne veux pas que l'on continue à me dorloter! Vous et mes domestiques, vous me traitez comme un nourrisson! Vous oubliez que je suis un homme et un soldat, j'en ai vu bien d'autres!

– Mais vous avez vieilli depuis, mon cher!... Ce que vous avez supporté quand vous n'étiez encore qu'un tout jeune homme risque d'être très néfaste pour l'homme mûr que vous êtes devenu, protesta Anthéa.

Ils se trouvaient alors seuls dans la chambre du duc. Avec la permission du médecin, il s'était habillé et assis devant la fenêtre pour profiter de la fraîcheur de l'air.

Il bondit et saisit Anthéa au poignet :

– Croyez que je suis encore assez solide pour vous administrer la correction que vous méritez, depuis que vous me harcelez de vos impertinences!

Il l'avait attirée tout contre lui, l'air furieux, et elle feignit d'avoir très peur :

– Non, non! Vous ne devez pas vous agiter ainsi! Souvenez-vous que vous n'êtes encore qu'un convalescent...

– Je vous défends de me traiter de malade!

Il l'entourait maintenant de ses deux bras :

– Vous voilà ma prisonnière. Je me demande de quelle façon je vais vous punir. Le fouet... ou un baiser?

Elle le contempla et, tout à coup, leur rire s'éteignit. Un courant venait de passer entre eux, quelque chose de magnétique et d'étrange qu'Anthéa n'avait encore jamais éprouvé et qui provoquait en elle autant de crainte que de joie. Elle avait de la peine à respirer et ne parvenait pas à détourner les yeux.

Quand il la lâcha, elle murmura, pour dire quelque chose :

– Je... C'est l'heure de votre thé, je crois!

En même temps, elle gagnait la porte en toute hâte.

Ils quittèrent Bruxelles pour regagner Londres sans le moindre incident. Plutôt que de faire le voyage de Douvres à Londres en une seule étape, comme à l'aller, ils avaient décidé de passer une nuit à Canterbury.

Ils étaient de retour à l'Hôtel d'Axminster dès le lendemain, vers quatre heures de l'après-midi.

Lorsque Anthéa pénétra dans le hall dallé de marbre, elle y fut accueillie par le maître d'hôtel :

– Mes respects, Votre Grâce.

– Tout va bien, Dorkins? s'enquit le duc.

– Tout va bien, Votre Grâce. Du thé vous attend dans la bibliothèque, à moins que vous ne préfériez du vin?

Anthéa répondit la première :

– Nous boirons du vin. Je suis sûre que vous vous sentez las, Garth.

– Absolument pas! répondit-il.

En vérité, il souffrait d'une légère migraine qu'il se refusait à avouer. Elle lui lança un regard sceptique avant de le précéder dans la vaste pièce qui ouvrait sur le jardin. Elle savait que le duc se tenait le plus souvent dans sa bibliothèque lorsqu'il était chez lui.

On l'appelait « la bibliothèque », mais c'était surtout un salon plus grand, plus beau et plus confortable que celui du rez-de-chaussée.

Une table y était dressée sur laquelle s'offrait, dans des plats d'argent, tout ce qu'on pouvait désirer à pareille heure : délicats sandwiches, beignets, pâtisseries.

– Est-il possible que vous ayez faim? demanda le duc amusé, tandis que Dorkins emplissait son verre de champagne.

– C'est l'heure du thé! A la maison, Nanny nous servait toujours du thé à cette heure-ci, avec des tartines beurrées et de la compote en hiver, et des sandwiches aux cornichons en été.

– Et j'imagine que vous en dévoriez un grand nombre en les préparant! plaisanta Garth.

– C'est pourquoi je meurs de faim à cette heure de la journée.

– Si Votre Grâce désire autre chose, proposa Dorkins, elle n'a qu'à sonner.

Anthéa secoua la tête :

– Non. Je pense que nous avons là ce qu'il faut.
Le maître d'hôtel se tourna vers le duc :
– Nombre de lettres sont arrivées pour Vos Grâces. Je les ai déposées sur la table avec les cadeaux qui sont parvenus ici après votre départ. Certaines viennent du Yorkshire.
Anthéa bondit sur ses pieds :
– Le Yorkshire! Il y en a sûrement de ma mère et de mes sœurs.
Sans attendre que Dorkins les lui apporte, elle courut vers la table et trouva effectivement une lettre de sa mère et une de Thaïs.
– C'est merveilleux! Je suis sûre maintenant qu'elles auront reçu celles que je leur ai envoyées.
Anthéa était revenue s'asseoir. Mais le duc, qui l'avait suivie, restait planté devant le monceau de cadeaux. Ils avaient été déballés par son secrétaire et ils étaient soigneusement exposés sur la table, accompagnés des cartes des personnes qui les avaient offerts, posées en évidence.
– Encore des plats à hors-d'œuvre! soupira-t-il.
– Ecoutez ce que m'écrit Thaïs! cria Anthéa.

La réception était parfaite, mais cela faisait un drôle d'effet de ne pas vous y voir. C'était comme si l'on jouait Hamlet *sans le prince de Danemark! Phébé a mangé six parts du gâteau de noce, et elle a été malade pendant le trajet de retour.*

Oh! et écoutez cela encore...

Chacun a trouvé que vous formiez le couple le plus réussi qui puisse exister. Le duc était si magnifique que Chloé jure qu'elle a vu plusieurs femmes sur le point de se trouver mal lorsqu'elles l'ont admiré tandis qu'il descendait l'allée centrale. Et toi, comme tu étais belle, ma chérie! Vraiment éblouissante!

Nous étions fières de toi. Reviens-nous vite! Nous languissons de te revoir et d'entendre le récit de ton voyage de noces. Maman nous a dit combien c'était merveilleux quand on visite à deux « les îles bénies du bonheur »...
Avec toute ma tendresse, ta sœur qui t'aime,

Thaïs.

Il y avait un post-scriptum. Anthéa allait le lire aussi tout haut lorsqu'elle s'interrompit net. Thaïs écrivait :

Un grand nombre de caricatures sont arrivées encore et j'ai pensé qu'il te tarderait de les voir, aussi les ai-je mises dans le même paquet qu'un collier absolument affreux, d'un goût atroce, qui t'a été envoyé par une soi-disant cousine dont nous n'avions jamais entendu parler. Les caricatures sont très drôles et nous ont fait beaucoup rire, Chloé et moi.

Ayant plié la lettre, Anthéa la glissa dans la poche de son mantelet. Elle n'avait pas encore remarqué que les cadeaux avaient tous été sortis de leur emballage. S'en apercevant, elle rejoignit vivement le duc.

Elle arrivait à sa hauteur lorsqu'il se retourna pour lui tendre la lettre qu'il parcourait, en l'interrogeant d'une voix si altérée qu'elle la reconnut à peine :

– Pouvez-vous me dire ce que cela signifie?

Machinalement, elle prit le feuillet. Dès les premiers mots, il lui sembla qu'elle recevait en plein visage la lueur aveuglante d'un éclair. Elle déchiffra :

Chère demoiselle Dale,
Vous trouverez, joint à ce présent, un exemplaire des huit dessins que nous avons publiés en une seule

édition, tant les deux précédents avaient eu de succès.

Je pense que vous serez heureuse d'apprendre que Le Grand Amour des petites chattes a déjà été vendu en trois cents exemplaires. Adressez-nous d'autres caricatures aussitôt que possible.

Croyez-moi très respectueusement vôtre,
Hannah Humphrey.

Anthéa leva les yeux vers le duc. Devant l'expression de son visage, elle poussa un cri d'angoisse.

Froissant la lettre au creux de sa main, elle se retourna et courut à la porte, effrayée comme elle ne l'avait encore jamais été.

7

Anthéa sortit par la porte de derrière pour aller emplir une bassine d'eau à la pompe. Lorsqu'elle rentra, deux chats la suivirent et, assis sur le carrelage, observèrent tous ses gestes de leurs prunelles vertes. Elle posa un plat de fonte sur le poêle.

– Le dîner n'est pas prêt, leur expliqua-t-elle, il vous faut attendre encore.

Elle était réconfortée d'avoir quelqu'un à qui parler, fût-ce des chats. Ayant toujours vécu au milieu de ses sœurs, elle trouvait la solitude et le silence, dans cette petite maison d'Eldeberry, si oppressants, qu'elle redoutait de ne pouvoir les supporter encore longtemps.

Et, cependant, que pouvait-elle faire d'autre? Elle avait fui l'Hôtel d'Axminster car le dur regard du duc, pesant sur elle, lui était intolérable. Elle se demandait encore comment elle avait pu s'échapper si facilement, sans aucun plan prémédité, poussée par le seul élan d'une impulsion irraisonnée.

En quittant la bibliothèque, elle avait grimpé à sa chambre où ses camérists déballaient ses malles. Sa cape de voyage et son chapeau gisaient sur un fauteuil. Près de ce fauteuil, sur le sol, était posée la valise qui contenait son nécessaire pour la nuit. Sans prendre le temps de réfléchir, Anthéa avait remis sa cape, son chapeau, et ordonné aux deux servantes de descendre le sac de voyage au rez-de-chaussée.

En bas, elle avait trouvé un valet de pied en service dans le hall.

– Appelez-moi une voiture de louage! avait-elle ordonné.

Un peu surpris, l'homme ne s'en était pas moins précipité dans la rue pour exécuter son ordre. Un instant plus tard, Anthéa fuyait tout à la fois l'Hôtel d'Axminster et le duc lui-même.

Elle avait donné au cocher l'adresse de « L'Agneau » à Islington, une auberge de relais où elle comptait prendre la diligence. Mais, aussitôt en route, elle avait pensé que le Yorkshire serait le premier endroit où Garth la chercherait.

Elle avait peur non seulement de la colère de son mari mais du désespoir de sa mère... Elle mesurait le chagrin de celle-ci, lorsqu'elle apprendrait qu'elle avait mis sa marraine dans une situation effroyable et provoqué toute une série d'événements pénibles pour chacun, au lieu de montrer la reconnaissance que la comtesse était en droit d'attendre...

Anthéa ne pouvait envisager de dire la vérité, de dévoiler à Lady Forthingdale qu'en réalité, le duc n'éprouvait pour elle aucun sentiment tendre, et qu'il ne l'avait demandée en mariage que pour éviter une situation scandaleuse et en préserver sa maîtresse, la comtesse de Sheldon!

La pauvre femme en éprouverait un choc si terrible qu'elle en tomberait malade...

Lorsque sa voiture atteignit Islington, Anthéa avait changé d'avis : elle n'irait pas dans le Yorkshire. Au lieu de cela, elle irait se réfugier auprès de sa vieille nourrice.

Avant que quelqu'un se doutât du lieu de retraite qu'elle avait choisi, il se passerait des semaines, peut-être des mois... tout serait apaisé, et elle serait elle-même à nouveau capable de faire face aux événements.

Mais ce ne serait pas facile, elle en avait parfaitement conscience... Certes, la fureur du duc l'effrayait, pourtant ce n'était pas tant cette colère qu'elle redoutait. Durant le trajet jusqu'à Cumberton, dans le Worcestershire, là où résidait sa nourrice, Anthéa avait eu le temps de s'interroger avec lucidité.

Tout ce que pourrait lui dire Garth n'était rien comparé à la peine qu'elle éprouvait à l'idée d'avoir perdu son amitié... Elle aimait sa compagnie. Elle aimait sa façon de l'écouter. Elle était heureuse quand elle le voyait rire de ses plaisanteries et de ses farces. Ce qu'elle éprouvait pour lui, elle s'en rendait compte, était plus profond que la simple sympathie, même très vive...

Ce ne fut qu'au cours de la nuit, dans le petit lit étroit et dur de la chambre où on l'avait installée à l'auberge des Postes, qu'Anthéa finit par admettre, entre deux tentatives pour trouver le sommeil : Je l'aime... Voilà la vérité : je l'aime!...

Sa chambre était modeste, presque pauvre. Rien de ce qui l'entourait ne pouvait être comparé au luxe raffiné dans lequel elle avait vécu durant son voyage de noces. Mais ce n'était pas ce luxe qu'elle regrettait : si Garth avait été auprès d'elle, elle n'aurait même pas vu cette table bancale et ce broc ébréché! Elle aurait été heureuse, comblée, tout autant qu'elle l'avait été dans les demeures princières où ils avaient fait étape... simplement parce qu'il aurait été là!

Comment ai-je été assez aveugle pour ne pas comprendre cela plus tôt? se demanda-t-elle.

Elle avait compris que son cœur battait la chamade dès que ses yeux se posaient sur Garth. Et le plaisir qu'elle éprouvait à chevaucher à ses côtés. Et l'émoi délicieux que lui procurait le son de sa voix lorsqu'il lui expliquait les choses qu'elle désirait connaître...

A Waterloo, elle avait tout fait pour lui cacher ses larmes mais il les avait devinées, car il avait senti avec son cœur le trouble qui l'habitait. Et, plus tard, il lui avait même dit : « Vous êtes capable de sentiments profonds et fidèles... Tant de femmes sont superficielles... »

En quoi cela lui importait-il, qu'elle fût capable de tels sentiments? Pourquoi en avait-il été touché ainsi?

La femme qu'il aimait, c'était Delphine... Et, quoique leur lune de miel lui eût paru peut-être moins fastidieuse qu'il ne s'y était attendu, Anthéa ne comptait pas pour lui : elle n'était que la femme qu'il avait été contraint d'épouser.

Dans l'obscurité de la nuit, Anthéa sanglotait doucement : Et je l'aime!... Oh! mon Dieu, comme je l'aime!

Elle n'avait jamais éprouvé la détresse qu'elle sentait en cet instant, elle ne l'avait jamais imaginée possible auparavant. C'était si cruel qu'elle regrettait d'avoir fait ce voyage à Londres, d'y avoir connu le duc. Tout lui aurait paru préférable : la pauvreté, la solitude, un avenir terne et sans joie, tout, plutôt que le désespoir qui, maintenant, la tenaillait et la faisait gémir.

Pourquoi Garth était-il entré dans sa vie? Et comment eût-elle imaginé que l'amour, ce pouvait être aussi cette douleur lancinante qui vous fait appeler l'anéantissement, l'oubli, voire la mort, parce que c'est intolérable!

Non, ce n'était pas la bénédiction dont lui parlait sa mère, la félicité incomparable de deux âmes et de deux corps. Dans la solitude, ce pouvait être aussi bien l'agonie! Une expérience après laquelle l'existence devenait triste, morne et sans but; le monde, un lieu désormais vide où il n'y avait plus de place pour la joie.

Pourquoi n'avait-elle pas laissé le duc faire d'elle sa femme comme il le lui avait proposé? S'il l'avait embrassée, s'il l'avait tenue dans ses bras, elle aurait au moins un souvenir pour meubler les longues années de solitude qui l'attendaient désormais.

A petits mots hachés par les sanglots, Anthéa murmurait :

– S'il m'avait embrassée... seulement... une fois...

Il fallut à Anthéa une grande partie de la journée du lendemain pour atteindre la ville de Pershore où elle prit un fiacre pour le hameau de Cumberton.

C'était bien, comme le lui avait décrit sa nourrice, un ensemble d'une douzaine de petites maisons basses, blanches à toit noir, qui se pressaient autour d'une placette ombragée et couverte de gazon. Il y avait aussi une très vieille auberge, « Le Pélican », et une fontaine au centre de la place.

Lorsqu'elle descendit de voiture, Anthéa remarqua un jeune garçon qui la regardait avec curiosité. Elle s'approcha de lui et lui demanda s'il connaissait la maison Eldeberry.

– L'est au bout, là-bas, pas sur c'te place. Faut prend' un bout de ch'min.

– Veux-tu me porter ma valise jusque-là? Je te donnerai deux sous.

L'enfant, ravi, s'empara immédiatement du bagage. Ils allèrent côte à côte tandis que des visages apparaissaient aux fenêtres, curieux de voir arriver cette étrangère en fiacre, et si élégante.

– J' m'appelle Billy, avait déclaré le gamin.

– Eh bien, Billy, j'espère que tu connais miss Tuckett?

– Oh oui, j' la connaissais bien! Mais l'est morte, à c'te heure.

– Ce n'est pas possible! Tu dois parler de sa sœur, Mme Cosnet. Elle doit être morte en effet depuis longtemps.

L'enfant avait précisé :

– Sont mortes toutes les deux. Miss Tuckett, elle a été enterrée ça f'ra quinze jours jeudi.

Anthéa resta sans voix...

Lorsque Nanny les avait quittées pour aller soigner sa sœur, celle-ci était effectivement très malade. Les demoiselles Forthingdale avaient reçu ensuite plusieurs lettres où leur nourrice leur donnait des nouvelles.

A la veille de son mariage, Anthéa avait même reçu des félicitations. Elle y avait répondu en disant combien elle serait heureuse si sa nourrice pouvait venir assister à la cérémonie.

Et elle était morte!

En quittant Londres, Anthéa était sûre, comme peut l'être une enfant à qui quelqu'un n'a jamais failli, que sa nourrice serait là, qu'elle serait toujours là quand elle aurait besoin d'elle.

Son cœur était affreusement serré, des larmes noyaient ses yeux. Elle ne la verrait pas, elle ne la verrait plus.

– Mais que vais-je faire? murmura-t-elle.

– Sa voisine, M'ame Weldon, qu'habite tout à côté, elle a les clefs, suggéra Billy.

– En ce cas, continuons...

Dans les jours qui suivirent, Anthéa apprit que tout le village s'attendait à la voir arriver.

Ce fut d'abord le curé qui lui raconta :

– Je sais que votre nourrice, une excellente chrétienne pour qui j'avais une profonde estime, vous a écrit qu'elle était très malade et que, si quelque chose lui arrivait, vous pourriez prendre possession de sa maison. Elle vous appartient donc désormais avec tout ce qu'elle contient, à vous et à vos sœurs... Sur la fin, elle divaguait un peu, mais je crois pouvoir dire que vous êtes sans doute miss Anthéa, et que vous avez trois sœurs qui se nomment Thaïs, Chloé et Phébé, n'est-ce pas?

– C'est exact, oui.

De ce que lui transmettait le curé, Anthéa concluait que Nanny n'avait pas, avant de mourir, fait mention de son mariage. Il la considérait encore comme une demoiselle Forthingdale.

Elle en éprouva un certain soulagement et, tout en parlant, retira subrepticement son alliance. Il continuait :

– Je suppose que vous n'envisagez pas de venir séjourner à Cumberton, miss, ni vous-même ni vos sœurs? Mais la maison de miss Tuckett est une très jolie maison et, si vous désirez la vendre, je vous trouverai facilement un acquéreur.

– Je vous remercie, monsieur le curé, mais dans l'immédiat je compte m'y installer et prendre soin de ce qui appartenait à Nanny.

– Eh bien, c'est parfait. Rien ne presse, en effet... Il est préférable de bien réfléchir avant de prendre une décision.

Anthéa s'aperçut bien vite qu'elle n'aurait pas à s'occuper de grand-chose. De son vivant, Nanny avait toujours été d'une méticulosité exemplaire, sa maison était propre et rangée, « comme un sou neuf », selon sa propre expression.

Elle avait deux chats, dont la voisine, Mme Weldon, s'était chargée depuis sa mort. Dès que la maison fut de nouveau habitée, ils revinrent s'y installer et reprendre leurs coussins et leurs habitudes, réclamant leur repas deux fois par jour.

Anthéa s'obligeait à leur préparer à manger, si déprimée qu'elle fût. Il lui arrivait souvent de penser que, sans eux, elle serait restée assise sur une chaise au fil des heures, sans trouver le courage d'aller acheter même un morceau de pain pour elle-même.

Mais Antoine et Cléopâtre ne l'entendaient pas de cette oreille et leurs miaulements aigus, modulés sur les tons de l'impatience, de l'indignation et de la supplication, l'obligeaient à agir.

Occupée cet après-midi-là à découper un lapin qu'elle mettait à cuire, Anthéa constatait que ses deux chats étaient encore plus exigeants que ne l'eût été un mari.

Ce mot, qui évoquait Garth, lui serra immédiatement la gorge, et elle se demanda si elle serait un jour capable de penser à lui sans éprouver ce désespoir morne qui l'étouffait et pesait au creux de sa poitrine comme une pierre.

Lui manquait-elle un peu, ou s'était-il senti délivré au contraire?

Il devait penser qu'elle était retournée chez sa mère, dans le Yorkshire; ainsi, aucun scrupule ne devait l'embarrasser; sans inconvénient il avait dû renouer ses relations avec la comtesse...

Les yeux verts de Cléopâtre rappelaient à Anthéa ceux de Delphine. Chaque fois qu'elle regardait la chatte, elle évoquait, en même temps, la malencontreuse caricature où elle l'avait représentée sous les traits d'un félin domestique.

Pour la millième fois, elle se posa la même question : pourquoi avait-elle fait cela? Comment avait-elle osé?

Elle revoyait le duc lui tendant la lettre de Mme Humphrey, elle entendait sa voix dure lui lancer : « Peut-être pourriez-vous m'expliquer ceci? »

Impossible! D'ailleurs que pouvait-elle s'expliquer à elle-même, excepté que jamais il ne pourrait lui pardonner et qu'il avait raison?

Une larme, tombée sur la fonte du poêle, fit entendre un petit grésillement. Rageuse, du revers de sa main, Anthéa essuya ses yeux. A quoi bon pleurer? Cela ne lui vaudrait rien d'autre qu'un bon mal de tête!

On frappa à la porte : c'était certainement Billy, de retour du village où Anthéa l'avait envoyé en courses. Elle alla lui ouvrir la porte et s'apprêtait à revenir dans la cuisine sans même prendre le temps de lui jeter un regard lorsque, brusquement, elle se figea.

Ce n'était pas Billy. Celui qui restait sur le seuil, attendant qu'on l'invite à entrer, c'était Garth!

Elle le contemplait, hébétée, sans pouvoir articuler une parole.

— Bonjour, Anthéa.

Elle était incapable de lui répondre. Elle le regardait, tout simplement. Il était plus beau, plus grand et plus imposant encore que dans son souvenir.

— J'aimerais entrer, mais que dois-je faire d'Hercule?

Médusée, Anthéa découvrit alors un étalon noir attaché à la petite barrière qui prolongeait le mur de la maison.

Elle ouvrit la bouche sans parvenir à proférer un son et, à ce moment-là, Billy apparut, très excité :

— Ah! pour un beau ch'val, ça, c'est un beau ch'val!

D'une voix étranglée, méconnaissable, Anthéa parvint enfin à souffler :

— Veux-tu... le mener jusque chez M. Clément... et lui recommander de le mettre dans son... écurie? Qu'il prenne soin de lui?... Le fasse manger?...

— Bien sûr, M'selle! Tout ce que vous voulez!

Il tendait fébrilement à Anthéa le sac de provisions qu'il avait rapportées, visiblement pressé de s'occuper du cheval.

Anthéa précisa, la gorge sèche :

— Clément... avant de se retirer ici... était valet

d'écurie. Vous pouvez être tranquille... il sera bien... soigné.

Puis elle rentra dans la maison, alla poser le sac sur la table de la grande salle.

– Vous êtes confortablement installée, ici! déclara le duc en pénétrant à son tour dans la pièce. Et votre nourrice doit être aux petits soins pour vous!

– Ma nourrice est... morte.

La voix d'Anthéa s'était cassée. Il lui était très pénible de parler de sa Nanny.

– Oh! je suis désolé... Ainsi, vous vivez seule ici?

– Oui.

Elle essaya de le regarder mais, aussitôt, elle détourna les yeux. Elle n'avait pas eu conscience, jusque-là, de la pauvreté et de la taille de la maison. Le duc paraissait trop grand pour le lieu, ses cheveux touchaient presque les poutres du plafond.

– J'ai chevauché longtemps. Je boirais bien quelque chose, suggéra-t-il.

– Oh! naturellement... J'ai du cidre. Mais si vous préférez, lorsque Billy reviendra, nous l'enverrons chercher ce que vous voudrez à l'auberge.

– J'aime beaucoup le cidre!

Tandis que le duc prenait place sur une chaise au siège de bois nu, Anthéa saisit une bouteille dans un placard et posa une timbale sur la table. Elle alla ensuite à son fourneau pour retourner les morceaux de lapin.

Le duc ne la voyait que de dos. Mais il la regardait tout en buvant.

– Je n'ai pas mangé non plus, depuis ce matin... et je n'ai guère mangé ces jours derniers! ajouta-t-il.

– Je n'ai que du lapin à vous offrir et, en vérité, je l'ai plutôt fait pour les chats, avoua Anthéa.

– Ils sont bien nourris, ces animaux! Il sent bon,

ce lapin!... Vous, en revanche, vous me paraissez un peu amaigrie, Anthéa.

– Je n'ai... jamais... très faim.

Garth regardait les chats qui, assis, l'observaient fixement. Il annonça soudain, d'une voix ferme :

– J'adore le lapin!

Sans répondre elle sortit une nappe d'un tiroir, la plaça sur la table devant lui, y disposa un couteau et une fourchette et prit une assiette qu'elle laissa sur le côté du poêle pour la réchauffer.

– Mais je déteste manger seul, reprit le duc. Et, bien que j'aie la nette impression que les chats ne demandent qu'à partager ce repas avec moi, j'avoue que je préférerais de beaucoup que vous me fassiez vous-même cet honneur, Anthéa.

Elle mit une autre assiette à chauffer, sortit un second couvert, puis coupa une large tranche de pain de campagne qu'elle posa à côté d'un pot de beurre.

– Voilà qui est fort appétissant!

– J'ai aussi quelques framboises, du fromage à la crème... et des salaisons, si vous le désirez : du lard fumé, du jambon...

– J'ai trop faim pour choisir. Je commencerai par le lapin. Après nous verrons, décida Garth.

Anthéa, pour elle et les chats, n'avait pas prévu de légumes. Elle alla au jardin arracher une laitue, et cueillit aussi quelques tomates déjà mûres. Elle se disait que le duc paraissait parfaitement remis. Cependant, ses bottes étaient pleines de boue : il devait avoir souvent galopé pendant son voyage.

Tout en le regardant se tailler une large tranche de pain, elle se demandait comment il l'avait retrouvée. N'y tenant plus, elle l'interrogea. Sans se faire prier, Garth indiqua :

– C'est Thaïs qui m'a renseigné.

Elle eut un sursaut :

– Thaïs?... Vous êtes donc allé... dans le Yorkshire?

– Evidemment. Je pensais que vous étiez retournée chez vous. Mais, quand j'ai compris mon erreur, je me suis méfié et j'ai agi avec beaucoup de tact.

– Alors vous n'avez... rien dit à maman?

– Bien sûr que non! J'ai sans peine deviné que personne dans la maison n'était au courant, alors j'ai pris Thaïs à part et je lui ai dit la vérité... A elle, et à elle seule.

Anthéa n'osait pas le regarder. A la pensée du duc et de Thaïs en train de parler de ses caricatures, elle éprouvait une honte indicible, plus torturante que jamais.

Il continua :

– C'est elle qui a compris que vous vous étiez réfugiée ici! Savez-vous le nombre de kilomètres qu'il m'a fallu parcourir en quelques jours pour vous retrouver?

Brusquement, elle eut un cri d'angoisse :

– Mais... votre tête! Vous avez dû en souffrir!

– Par moments, oui, je dois l'avouer... Sans doute parce que j'ai un peu exagéré. J'aurais pu choisir des étapes plus courtes. Seulement, j'étais pressé...

– Oh! je... je suis désolée.

Décidément, elle ne lui faisait que du mal! De retour du continent, après le grave accident qu'il avait eu, il était certainement contre-indiqué pour lui de chevaucher de Londres au Yorkshire, puis du Yorkshire au Worcestershire, pratiquement sans repos.

Anthéa se retourna vers un dressoir pour y prendre un grand plat : le lapin était prêt.

Elle avait oublié de sortir le vinaigre pour la salade. En le cherchant, elle découvrit un pot de gelée de groseilles et le porta sur la table. Nanny n'avait jamais laissé passer la saison des fruits sans faire gelées ou confitures et Anthéa se souvenait qu'elles étaient toujours délicieuses.

– C'est peut-être parce que je suis affamé, disait le duc, mais je n'ai jamais mangé de lapin si délectable!

Pour accompagner son hôte, Anthéa se servit copieusement mais, en cachette, elle passait sous la table de grosses bouchées à Antoine et Cléopâtre qui se frottaient à ses jambes en miaulant, protestant contre les façons indélicates que montraient les humains, ce jour-là, en dévorant un repas qui leur était destiné.

Le duc se servait une nouvelle fois, lorsqu'on frappa à la porte.

– C'est certainement Billy! Il nous apporte des nouvelles de votre cheval.

Le duc avait mis la main à sa poche et en sortait une poignée de monnaie.

– Pouvez-vous lui donner six sous? pria Anthéa. Il m'est très utile.

– Dans ce cas, pourquoi pas un shilling?

– Vous gâcheriez le métier! N'exagérez pas.

Garth eut l'impression, pendant une seconde, que les jolies fossettes avaient failli se creuser dans les joues pâles d'Anthéa.

Elle tendit donc six sous à Billy et se souvint que le duc n'avait, pour toute boisson, que du cidre.

– Voulez-vous qu'il retourne au hameau acheter du vin? Je pense qu'il en trouvera au « Pélican ».

– Oh, là! Je ne veux pas courir ce risque.

– Dans ce cas c'est tout, merci, Billy.

– Au revoir, m'zelle. Demain je serai là de bonne heure avec les œufs, pour vot' petit déj'ner.

Le duc, ayant pratiquement vidé le plat de lapin, mit ce qui restait dans son assiette et la posa sur le sol pour Antoine et Cléopâtre.

En quelques bouchées, il dévora les framboises et

se servit une large part du fromage frais qu'Anthéa avait fait avec le lait qui restait du matin, une fois les chats rassasiés.

Elle alla porter la vaisselle sale dans l'évier de la pièce voisine. Quand elle revint, le duc était en train de se tailler encore une tranche de pain.

Anthéa s'excusa, navrée :

— J'ai le sentiment que je ne vous ai pas assez nourri. J'espère que vous vous rattraperez ce soir à Pershore, ou dans quelque bonne auberge où vous vous arrêterez pour la nuit.

Le duc, ayant pris le fromage qui restait, en tartinait son pain. Ce ne fut qu'après en avoir avalé une solide bouchée qu'il répondit :

— Ce serait cruel de ma part d'obliger Hercule à reprendre la route aujourd'hui! La pauvre bête en a vraiment plein les jambes. Et, franchement, je suis moi-même très fatigué.

— Pourquoi n'êtes-vous pas venu ici à une allure plus raisonnable? Vous savez que le médecin vous avait recommandé de vous ménager pendant quelque temps.

Il parut amusé :

— J'ai l'impression que c'est exactement ce que m'aurait dit votre vieille nounou si elle était encore là.

— Cela aurait au moins servi, peut-être, à vous rendre plus sensé.

— Si je dois me montrer sensé... alors, je refuse catégoriquement de repartir d'ici dès ce soir.

Il jeta un regard circulaire dans la pièce où ils étaient, avant de reprendre :

— Il me sera égal de coucher par terre. J'ai déjà dormi dans des endroits beaucoup moins confortables quand nous nous battions au Portugal.

Anthéa protesta :

— C'est une idée stupide, et vous le savez! Moi, je

dormirai très bien dans le fauteuil, et je vais vous montrer où vous coucherez.

Elle s'était levée et se dirigeait vers l'étroit escalier en colimaçon qui s'élevait dans un coin de la pièce, près de la porte d'entrée. Le duc la suivit.

– Attention à votre tête, conseilla Anthéa. Moi-même, j'ai du mal à monter sans me heurter le front.

Plié en deux, il grimpa derrière elle jusqu'à la porte qui ouvrait sur la pièce du premier étage. Elle était sous le toit en pente mais deux étroits vasistas l'éclairaient.

En examinant le lit qui l'occupait presque entièrement, le duc resta saisi.

Devant son expression, Anthéa, pour la première fois, laissa échapper un léger rire :

– Ça vous étonne ?

– Ah oui ! Ah oui, cela m'étonne !

– Le beau-frère de Nanny pesait près de cent vingt-six kilos. Comme il se trouvait inconfortablement couché dans tous les lits normaux, il en a fabriqué un. Le cadre est en chêne et le matelas en duvet d'oie.

Cette fois, les fossettes creusaient franchement les joues d'Anthéa :

– Quand nous étions enfants, Nanny nous racontait souvent l'histoire de ce lit et comment sa sœur, pour le garnir, avait dû coudre ensemble les draps deux par deux, ainsi que les couvertures. Nous appelions ce lit « le lit du géant ». Quand je l'ai enfin découvert, je me suis dit que c'était vraiment le nom qui lui convenait.

– En tout cas, voilà qui résout notre problème.

– Le vôtre, au moins ! Je ne vois pas à l'Hôtel d'Axminster un seul lit qui soit aussi large.

– En effet. Et c'est pourquoi je vous ai dit tout de suite qu'il résolvait *notre* problème.

Sourcils froncés, Anthéa le regardait, essayant de comprendre.

— Il n'y a aucune raison pour que l'un de nous deux couche en bas. Si vous prenez un côté et moi l'autre, nous serons chacun dans un pays différent, avec une large frontière entre nous. Au moins le Channel. Vous en France, moi en Angleterre, et la mer au milieu!

Comme elle restait silencieuse, il reprit au bout d'un instant :

— N'est-ce pas une solution « sensée », comme vous diriez? Et demain, si vous le désirez, je partirai pour Pershore ou pour n'importe quel autre endroit que vous m'indiquerez. Mais, ce soir, je ne vais pas plus loin!

Il regardait Anthéa avec défi, comme s'il s'attendait à des protestations de sa part. Néanmoins, elle finit par approuver :

— Bon! Ce que vous dites est vrai, il y aura entre nous un espace assez large. Mais je dois pourtant vous préciser que, dans le hameau, on me connaît sous le nom de « miss Forthingdale ».

— Eh bien, comme cela, les habitants auront un passionnant sujet de bavardages! C'est parfait. A moins que, évidemment, vous ne préfériez remettre à votre doigt l'anneau qui nous lie toujours?

Anthéa fut surprise qu'il eût remarqué ce détail :

— Le curé d'ici ne sait pas que... que je suis mariée et... j'ai jugé plus simple... de n'avoir pas d'explications à lui donner.

Le duc eut un sourire railleur :

— Après cette nuit, il risque de vous en demander malgré tout!

En lançant cette phrase, il avait regagné la porte :

— Il faut que j'aille retrouver Hercule car j'ai mon rasoir et différents autres accessoires de toilette dans ma sacoche de selle. Lorsque je reviendrai, j'aimerais pouvoir me laver, or je suppose que je ne peux guère le faire que dans la pièce du bas? Dans ces conditions, je suggère, Anthéa, que vous vous couchiez. Si vous êtes endormie lorsque je monterai, je ne vous réveillerai pas, je vous le promets.

– Oui, merci... répondit-elle faiblement.

Elle avait l'impression qu'il lui donnait un ordre et qu'elle ne pouvait rien faire d'autre qu'obéir.

Il se détourna et la laissa seule puis il baissa la tête pour ne pas heurter le chambranle de la porte basse avant de s'engager avec précaution dans l'escalier.

Elle porta les deux mains à ses joues comme pour les empêcher de rougir. Dès qu'elle eut entendu la porte de la maison se refermer, elle descendit rapidement, puisa l'eau chaude dans la bouilloire et la versa dans une bassine réservée à la toilette.

Remontée dans la chambre, elle commença à se déshabiller lentement.

Le soir était tombé; dehors, il faisait sombre mais, dans le ciel, à l'ouest, persistait une lueur rouge qui éclairait encore la pièce par les fenêtres ouvertes.

Un parfum de rose et d'herbe montait jusqu'à elle; un rossignol se mit à chanter. Anthéa n'alluma pas de chandelle pour ne pas attirer les moustiques. Elle laissa les rideaux ouverts et, après avoir passé une des chemises de nuit de dentelle tirée de son trousseau, elle se glissa dans le lit.

Je vais faire semblant de dormir, se dit-elle, et demain, nous aurons l'explication qui s'impose.

Il était incompréhensible que le duc eût mangé, qu'ils aient parlé, et qu'il n'ait été question à aucun moment des raisons qui avaient poussé Anthéa à s'enfuir de l'Hôtel d'Axminster.

Il est fatigué et il ne se sent pas en état de supporter une scène en ce moment.

Elle était d'ailleurs très décidée à ce qu'il n'y en eût aucune. Peut-être avait-il mis sa santé en danger en accomplissant ce long voyage à cheval et, une fois de plus, elle s'accusait d'être la seule responsable de cette situation.

Je n'aurais pas dû fuir comme ça! se disait-elle.

Elle était tendue et tremblante car elle avait beaucoup de choses à se reprocher, beaucoup trop!

Cependant, en dépit de cette sourde angoisse qui la tenaillait, elle n'éprouvait plus ce désespoir sans bornes, ce sentiment affreux de solitude, d'irrémédiable gâchis qui l'avait saisie à son départ de Londres.

Elle était à nouveau avec Garth! Il était là! Elle pouvait entendre sa voix et c'était plus merveilleux encore que dans son souvenir.

Elle n'osait se demander ce qui avait lancé le duc à sa recherche...

Etait-il possible que ce fût pour exiger entre eux une séparation totale et définitive? Voulait-il lui signifier qu'il entendait la rayer à jamais de sa vie et arrêter avec elle les modalités de leur séparation? Lui en voulait-il à ce point?

En vérité, elle avait déjà pensé à tout cela, mais elle avait refoulé ces hypothèses trop cruelles.

Une implacable répudiation était ce qui pouvait lui arriver de pire.

Oh! mon Dieu, balbutia-t-elle... Permettez que je le voie, de temps en temps... Je vous en prie, je vous en supplie...

Les pas de Garth résonnèrent enfin sur le sentier, la porte fut ouverte et refermée puis, à nouveau, des pas traversèrent la pièce du bas.

Il devait se déshabiller. En effet, Anthéa entendit bientôt un bruit d'eau. Pourvu qu'il trouve un savon et une serviette...

Elle aurait dû penser à préparer tout cela pour lui mais elle était si troublée qu'elle n'avait su qu'obéir à ses directives et remonter se coucher comme il le désirait.

Il n'y avait que cinquante centimètres à peine entre le côté du lit où il allait s'étendre et la porte de la chambre. Les yeux fermés, elle suivit néanmoins ses mouvements tandis qu'il entrait et s'allongeait sur le matelas de plume.

Elle entendait sa respiration et se demandait s'il allait lui tourner le dos pour se préparer au sommeil. Mais, après un moment, il s'adressa à elle, comme s'il savait qu'elle ne dormait pas encore :

– C'est le lit le plus confortable dans lequel j'aie jamais dormi !

– Oh ! je suis sûre que vous êtes si las que... que vous vous endormiriez... n'importe où.

– Je suis moins fatigué qu'en arrivant et... je ne vous en veux plus, Anthéa, murmura-t-il.

– Vous m'en... vouliez ?

– Evidemment. Et je me faisais du souci ! Comment avez-vous pu faire quelque chose d'aussi diabolique que de fuir sans même me dire où vous alliez ? Je n'ai appris votre départ que lorsque Dorkins est venu m'annoncer que le dîner était servi.

– Croyez que je suis... navrée.

– Pourquoi êtes-vous partie ?

La question la surprit et elle tourna brusquement la tête vers lui.

Dans la pénombre obscure qui envahissait la pièce, il était difficile de distinguer nettement les traits de Garth mais elle comprit qu'il regardait vers elle.

– Vous... savez très bien... pourquoi je suis partie !

– Vous pensiez que j'étais très contrarié et c'est compréhensible... Mais j'aurais préféré que vous me fassiez confiance.

– J'ai... j'ai failli vous dire la vérité, quand nous étions à Bruxelles, ensuite... j'ai eu peur !

– Thaïs m'a expliqué que vous aviez cherché le

moyen de gagner quelque argent, car vous étiez très pauvres. J'avais parfaitement compris que vous viviez plus que difficilement, votre mère et vous. C'était tout à fait visible...

Il y avait dans sa voix une telle gentillesse, presque de la tendresse, qu'Anthéa se sentit soudain très faible.

Elle s'était attendue à une sourde colère, à une demande d'explications impérative et hautaine, mais absolument pas à cette indulgence nuancée d'une douce pitié.

Les larmes lui montèrent aux yeux et elle reporta son regard vers la fenêtre.

– Thaïs m'a raconté que les cent livres que vous aviez touchées vous avaient permis de vous nourrir toutes les cinq comme cela ne vous était encore jamais arrivé. Comme toujours, Anthéa, c'est à votre famille que vous avez pensé.

Les joues d'Anthéa ruisselaient de larmes à présent, mais elle ne cherchait plus à les sécher. Si elle ne faisait pas un geste, pensait-elle, il ne saurait pas qu'elle versait toutes les larmes de son corps.

Après un silence, il demanda cependant :

– Vous pleurez, Anthéa?
– N... non.

Ce « non » n'était pas très convaincant.

– Vous êtes bien sûre que vous ne pleurez pas?

Elle était incapable de répondre.

– Pour m'en assurer, je vais franchir la frontière. Tant pis pour le Channel. Je ne veux pas vous savoir malheureuse.

Avec un court sanglot, elle se cacha le visage dans ses mains :

– Je suis... désolée, mais...

Un hoquet la souleva. Cette fois elle ne pouvait plus se retenir :

– Je n'avais pas l'intention de... J'ai honte! Je suis vraiment désolée...

Elle ne l'avait pas senti bouger et, pourtant, brusquement, elle fut dans ses bras tandis qu'elle continuait :

— A aucun moment, je n'ai voulu... faire de tort à ma marraine... Je vous le jure... Je ne croyais pas... Et maintenant, j'ai tellement honte... je me déteste!... C'est terrible!

Elle bredouillait sans plus parvenir à articuler un mot. Les sanglots l'étouffaient, tout son corps en était secoué.

Gentiment, Garth cherchait à l'apaiser :

— C'est fini, allons, allons!... Tout va bien maintenant. Calmez-vous... C'est fini...

Elle aurait voulu cesser de pleurer, retrouver son calme, mais elle n'y parvenait pas.

Cependant, le fait d'être dans les bras de Garth, de sentir son étreinte, atténuait son chagrin. Une tempête l'agitait encore mais, déjà, au fond d'elle-même, elle se sentait réconfortée.

Peu à peu ses larmes se tarirent. Elle put parler :

— Non, ce n'est pas fini... Ce que j'ai fait...

— Oublions-le, Anthéa!

— Mais comment l'oublier? Ma mère dit que ça porte malheur de se railler de l'amour. Et c'est parce que je l'ai fait... parce que j'ai ridiculisé l'amour... que vous m'avez épousée. Que vous avez été contraint de m'épouser! C'est horrible...

Cette fois, il l'approuva :

— C'est vrai! J'ai parfaitement réalisé cette situation. Et c'est pour cela que j'ai quelque chose d'important à vous dire.

Elle savait. Elle était sûre de savoir ce qu'il allait lui dire.

Il continuait :

— Lorsque tout a été réglé, en y repensant, je me suis aperçu que c'était une chance extraordinaire pour moi que vous ayez fait cette caricature que vous vous reprochez avec tant de force.

Elle avait dû mal entendre!... Se soulevant sur un coude, elle regarda le visage de Garth de tout près. Il lui sourit en répliquant :

— Mais parfaitement, ma chérie! Sans ce dessin, nous ne nous serions pas mariés et nous ne serions pas là, en ce moment, tous les deux.

En parlant, il avait rapproché son visage jusqu'à ce que ses lèvres rencontrent celles d'Anthéa.

Sur le moment la surprise lui coupa le souffle. Comme le baiser de Garth devenait plus précis et plus insistant, elle sentit en elle comme une onde qui la traversait toute.

C'était si puissant, en même temps d'une douceur aiguë si violente que c'en fut presque douloureux avant de se dénouer en une plénitude très douce.

Il l'étreignait de plus en plus fort, ne quittait pas sa bouche, et elle avait le sentiment étrange de n'être plus rien, qu'un cœur qui bat, au centre d'un corps dans les nuages, ivre de bonheur et d'exaltation.

C'est cela l'amour, pensa-t-elle. C'est bien ce que maman disait, et c'est même encore plus merveilleux que je ne l'imaginais...

Tandis que Garth murmurait entre deux baisers :

— Ma chérie, ma douce, ma mienne à moi, ma seule...

Elle savait déjà qu'il était le maître de son cœur, de son âme et aussi... de tout son corps.

Ils ne formaient plus qu'un seul être car c'est cela aussi, le miracle de l'amour.

Un rayon de lune vint poser sa lumière d'argent sur le lit défait.

— Vous dormez? murmura Anthéa.
— Je suis trop heureux pour dormir.
— Mais il faut essayer! Vous avez fait un voyage si fatigant, aujourd'hui.

– Etes-vous encore en train de vouloir me dorloter comme un nourrisson ? demanda Garth dans un rire léger, en la prenant contre lui. Oh ! mon cher petit amour ! Je ne pourrai jamais vous dire à quel point vous m'avez manqué, lorsque vous n'avez plus été là pour me gronder, pour me contraindre à prendre soin de moi-même !

– Je pensais que... vous seriez bien aise... d'être débarrassé de moi.

– Oh ! non... Ce dont j'ai le plus souffert, c'était de ne plus entendre votre rire. Je n'aurais jamais cru que les journées puissent paraître si longues, si vides et si atrocement mornes.

– Et moi ! Je m'étais ri de l'amour...

– Ce qui ne vous arrivera plus jamais, mon adorable petite fille. Nous allons rire ensemble, à présent ! Mais de bonheur, comme des dieux.

– Ensemble ! répéta Anthéa, la tête sur l'épaule de son mari.

Du ton de quelqu'un qui cherche à se souvenir, il remarqua :

– Je crois que je suis d'abord tombé amoureux de vos fossettes. Elles me fascinaient. Et de votre voix, aussi : elle a une légèreté si fine, une douceur musicale que je n'ai jamais remarquées dans la voix d'aucune femme avant vous.

– Et pourtant, soupira-t-elle, j'imaginais que vous deviez vous ennuyer mortellement en ma compagnie. Je me sentais si insignifiante, si terne, comparée à toutes les femmes brillantes et belles que vous avez connues... et aimées.

Sur le dernier mot, sa voix s'était étranglée. Garth affirma :

– Anthéa, je sais maintenant que je n'avais encore jamais vraiment aimé aucune femme. J'ai été attiré, séduit, et même parfois embrasé d'un désir passionné pour certaines d'entre elles. Mais l'amour, ce n'est pas cela. Je n'avais pas envie de rire avec elles, de faire l'enfant, de me découvrir tel que je suis. Je « gardais mes distances », en un mot.

— Vous « gardiez vos distances », sourit Anthéa, et pourtant vous en faisiez vos maîtresses.

— Ce n'est pas incompatible... J'aurais d'ailleurs volontiers agi pareillement avec vous, mais vous ne l'avez pas voulu.

— C'est vrai! Et, ces dernières semaines, j'ai souvent regretté mon attitude. Quelle folie de ma part! Quelle sottise!

— Non. Vous avez eu raison... Car ce que je vous offrais alors, ce n'était pas l'amour, Anthéa. Ce ne fut qu'à Bruxelles que je commençai à trouver intolérable, voire atrocement pénible, de ne pas pouvoir vous toucher, de devoir m'interdire de vous rejoindre dans votre chambre.

— Dans ce cas... pourquoi n'avez-vous pas tenté de m'y rejoindre en dépit de mon refus?

— Je crois que ce fut simplement une question d'orgueil... Je ne voulais pas risquer d'être à nouveau l'objet de vos rebuffades. Mais, jour après jour, je vous désirais davantage. Chaque nuit était pour moi une épreuve insupportable. Je ne voudrais pour rien au monde la subir à nouveau! Vous savoir là, si près de moi, séparé de vous par une simple porte qu'il m'était interdit d'ouvrir!

— C'est pour cette raison que... que vous avez voulu passer la nuit ici, aujourd'hui?

— Je dois avouer que, lorsque j'ai vu ce lit extraordinaire, je me suis dit que le destin m'offrait ma chance. Et j'ai décidé de ne pas vous laisser m'échapper une seconde fois...

— Oh! que je suis contente... que je suis contente, Garth!

— Thaïs m'a affirmé que vous étiez amoureuse de moi, même si vous n'en aviez pas vous-même nettement conscience.

— Thaïs? Que pouvait-elle en savoir?

— Peut-être êtes-vous si proche de votre famille que vos sœurs connaissent de vous plus de choses que vous n'en savez vous-même, parce que vous refusez de vous analyser... Vous ne pensez qu'aux autres et vous vous oubliez. Votre temps leur appartient totalement. Mais vos sœurs, qui vous aiment, lisent dans votre cœur à votre place. C'est une richesse qui m'a manqué car je suis fils unique.

— Eh bien, Thaïs avait vu juste. Je vous aime plus que je ne saurais l'exprimer jamais! Vous êtes constamment dans ma pensée, dans mon cœur, dans mon souffle : je ne vis que par vous.

Il la baisa au front, sur les paupières, sur les lèvres et la caresse de sa bouche glissa doucement jusqu'à son cou où la veine battait à coups précipités.

— Je ne croyais pas qu'aucune femme pût être si douce, si touchante et adorable!

L'accent passionné de sa voix fit frissonner la jeune femme.

— J'essaierai de rester toujours... telle que vous me voulez... et je vous promets de ne plus jamais dessiner! chuchota-t-elle.

— Mais pourquoi donc? J'entends bien que vous continuiez au contraire!

— Vous le voulez? fit-elle, incrédule.

— Pas des caricatures, évidemment, ma chérie, sauf pour nous seuls, afin que nous en riions ensemble. Mais cela mis à part, il serait fort dommage que vous n'exerciez pas le rare talent qui est le vôtre.

Elle l'écoutait, les yeux ronds, n'en croyant pas ses oreilles.

— Ce que je vous suggère, et j'y ai pensé pendant le temps où j'étais à votre recherche, c'est que vous preniez les leçons d'un maître, un artiste de premier ordre, qualifié pour vous en donner.

— Peut-être ne suis-je capable que de faire du dessin humoristique?

– Nous devons nous assurer du contraire, et c'est pourquoi je vous propose de partir pour l'Italie.
– L'Italie?
– Je vous rappelle, ma très chère, que j'ai été frustré de ma lune de miel.

Amusé, il posa un baiser sur le bout de son nez :
– N'est-ce pas? Or j'ai toujours entendu dire que la lune de miel était le paradis des jeunes époux car on y passait son temps dans les douceurs de l'amour. Cela vous convient-il, ma chérie?
– Je... Oui, cela me convient tout à fait.

Il avait enfoui sa bouche dans la chevelure sombre à l'odeur de miel :
– Je veux vous apprendre l'amour, et je vous jure bien que vous ne m'échapperez plus jamais!
– Je n'en ai pas l'intention.

Les lèvres de Garth descendaient jusqu'aux fossettes qui se creusaient malicieusement :
– Je pense que ni vous ni moi n'avons envie de regagner Londres pour le moment. Donc, si vous le voulez bien, nous allons franchir le Channel – le vrai! – une nouvelle fois, et nous rendre au paradis des artistes.

Anthéa poussa un cri d'enthousiasme :
– Oh! que j'aimerais ça! J'aimerais aller n'importe où, du moment que ce serait avec vous. Mais en Italie, c'est encore plus merveilleux!
– Je désire voir, à Florence, l'œuvre de Michel-Ange. Et peut-être y trouverons-nous un artiste qui accepte de vous donner des leçons avant que nous nous rendions à Venise, d'où nous reviendrons à la maison en passant par Paris. Il y a, au musée du Louvre, quelques dessins que je voudrais particulièrement vous montrer.
– Dites-moi que je ne rêve pas... murmura Anthéa.
– Nous rêverons ensemble, mon amour... Et, au

retour, nous irons au château d'Axminster, dans le Hampshire, où vous trouverez, je pense, beaucoup de choses qui vous plairont... Cependant, je suis sûr qu'il y aura, dans notre avenir proche, une grave lacune. Vous allez souffrir d'un manque, pendant un certain temps du moins. Mais n'ayez crainte, je ferai en sorte de combler ce vide au plus tôt.

— De quoi s'agit-il? s'inquiéta Anthéa.

Il la serra tout contre lui et laissa courir ses lèvres sur la peau chaude et satinée de sa joue avant de répondre :

— Une famille, mon adorable petite femme, une famille! Car c'est cela qui nous manquera cruellement quand nous n'aurons plus Thaïs, Chloé et Phébé pour nous faire rire... Vous me donnerez des filles qui vous ressembleront, chérie, et aussi adorables que vous, n'est-ce pas?

Elle le regarda en souriant et ses yeux se mirent à briller, taquins :

— A une seule condition... c'est que vous me donniez des garçons aussi séduisants et beaux que vous l'êtes, Garth!

Elle ne put achever sa phrase car il écrasait ses lèvres d'un baiser fiévreux trahissant tout son désir.

Elle s'abandonna une nouvelle fois à la volupté, à cette ivresse où l'on se perd dans l'autre et qu'elle savait, maintenant, être le miracle de l'amour.

C'était un mystère insondable et sacré, où l'âme et le corps se fondaient dans la même ardeur. Sensation exaltante qui l'emportait dans un univers surnaturel.

Les lèvres de Garth aspiraient son souffle. Ses mains la caressaient, son cœur battait contre son cœur.

L'amour triomphait...

Achevé d'imprimer sur les presses de l'imprimerie Brodard et Taupin
58, rue Jean Bleuzen, Vanves. Usine de La Flèche,
le 10 mai 1985
1955-5 Dépôt légal mai 1985. ISBN : 2 - 277 - 21820 - 0
Imprimé en France

Editions J'ai Lu
27, rue Cassette, 75006 Paris
diffusion France et étranger : Flammarion